빨간 자전거 1

개정판 1쇄 발행 2013년 3월 30일
개정판 3쇄 발행 2020년 1월 30일

글·그림 김동화

펴낸이 정중모
펴낸곳 도서출판 열림원

등록 1980년 5월 19일(제406-2000-000204호)
주소 경기도 파주시 회동길 152
전화 031-955-0700 | 팩스 031-955-0661~2
홈페이지 www.yolimwon.com | 이메일 editor@yolimwon.com

ISBN 978-89-7063-764-8 14810
      978-89-7063-763-1 (세트)

● 책값은 뒤표지에 있습니다.

빨간 자전거 1

김동화 만화 에세이

열림원

텅 빈 너를 보니 오늘은 편지가 쓰고 싶어진다….

작가가 배달하는 첫 번째 이야기

우리집에서 아주 가까운 곳에 우체국이 있습니다.
빨간 벽돌에 초록 담쟁이를 두른 조그만 우체국.

우체국 앞을 지날 땐 어느 시인의 시가 생각납니다.
우체국 앞을 지날 땐 어느 가수의 노래가 들리는 듯합니다.
그래서, 우체국 앞을 지날 때마다 기분이 참 좋습니다.

누군가에게 편지를 받고 싶은 날이 있습니다.
하얀 종이에, 파란 만년필 글씨면 좋겠습니다.
그렇게 생각지도 않은 이로부터 편지를 받고 싶은 날은
내가 먼저 편지를 씁니다.

큰 내용은 아니지만 이것저것 안부 편지에 시 한 편 더
써 넣은 편지를 들고 우체국으로 갈 때 내 마음은
어린 시절 용돈 모아 은행에 가는 것처럼 큰 부자가 된 기분이 듭니다.

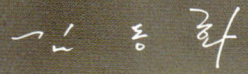

차례

야화리, 지금 그곳엔 우리의 고향이 있습니다

꽃은 향기로 우리의 발길을 돌려세웁니다

밭고랑 마다마다 땀으로 쓴 이름, 아버지!

엄마 눈에 반짝, 눈물인 줄 알았더니

행복배달부! 그것은 우편배달부의 또 다른 이름입니다

옛동 새동 사람들의 알록달록한 이야기

꽃이 피면…

들꽃은 온몸을 흔들며 향기로 맞아 주고

야화리의 풍경들을 악보에 옮기면

나무는 나보다 낫다

꽃소식을 전해주는 우편배달부

엄마

야화리, 지금 그곳엔
우리의 고향이 있습니다

소리 없이 피어나
이 땅을 아름답게 물들이는 들꽃처럼
고향 이야기는 우리를 아름답게 물들입니다.

그리고—

마침

버스는
한참 기다려야
온대요.

아~,
이런 기분이었구나.

영화 「내일을 향해 쏴라」 보셨나요?

그 영화에서 자전거 뒤에 타는 여주인공의
느낌이 궁금했거든요.

이곳 분이 아닌 모양이죠?

글 쓰는 친구가 약도를 그려주며 놀러 오랬어요.

읍내에서 내려 전화하면 마중 나오겠다고 했는데, 구경 삼아 찾아가려구요.

친구분 사는 곳이 어디인데요?

향기리.

그럼 지났잖아요.

오다가 푯말을 봤어요. 그렇지만 이 재미가 좋아 못 본 척한 거라구요.

기왕 온 거니까 저기 저 언덕까지 태워다 주실래요?

「내일을 향해 쏴라」라고 했나요?
집에 가는 길에 비디오를 빌려야겠네요.

마침

매일 아침
배달 구역의
우편물을 준비하며
열심히 찾는 주소가
있습니다.

야화리 새동에 사시는
시인의 집입니다.

있다!

수많은 우편물 속에서
시인 댁으로 가는 이름을 발견하면,
네잎클로버를 찾아낸 듯 기분이
좋아집니다.

옛동으로 해서 새동까지 우편물을 배달하다 보면
시인의 집이 조금씩 가까워집니다.

생나무 울타리에 얼기설기 나무 대문.

새집처럼 지어진
빨간 우체통.

새알을 꺼내듯
조심스럽게 우체통
문을 열면—

방석딱지처럼 접혀진
메모 한 장.

언제나처럼 또박또박 쓴
"우체부 아저씨
수고하세요."

이번엔 내가 메모가 있던 자리에
우편물을 넣습니다.

언제나 시인은 우편물 배달하는
내게 고마움으로 시 한 편씩을 써서
우체통에 넣어놓습니다.

동구 밖 고목나무
아래 앉아
쪽지를 펴는 내 마음이
마치 연애편지를 읽는 것처럼
설렙니다.

집으로 가는 길-

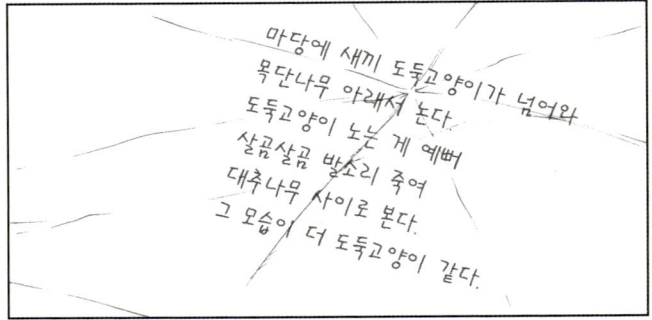
마당에 새끼 도둑고양이가 넘어와
목단나무 아래서 논다
도둑고양이 노는 게 예뻐
살금살금 발소리 죽여
대추나무 사이로 본다.
그 모습이 더 도둑고양이 같다.

시인의 생활을
보는 것 같습니다.

벌써 내게 준 76번째의 글.

한 권의 책이 될 만한 양입니다.

우편배달부인
내게만 주는
이 세상에 한 권뿐인
시집입니다.

마침

이야기 4 장날

외지로 자식들을 보내놓고
토박이 노인네들이 남아 사는 옛동.

도시에서 자식들 다 키우고 늘그막에
전원생활을 즐기기 위해
모여 만든 새동

옛 동네와 새 동네 중간쯤에 언젠가부터 5일장이 섭니다.

버스

팔 물건이라야 제철에 나는
채소와 과일 정도지만

가끔은 토종닭에 강아지도 있습니다.

장이 서는 날이면
팔 물건을 머리에 인
옛동 사람들이
새벽같이
집을
나섭니다.

소문을 듣고 오는 외지 사람들도
있지만 살 사람들은 대개가
새동 사람들입니다.

그래서 5일장은
옛동 사람과
새동 사람들이
함께 모이는
유일한 공간입니다.

어째 오이가
이 모양으로
비쩍 말랐대
····

마르긴요-, 올
같은 가뭄에 이만큼
자라준 것만도
감지덕지지.

새동 사람들이 재미로 시비 같은 흥정을 합니다.

이 오이가 어디 물
먹고 자랐는지 아요?
내 땀 먹고 자란
거지.

그래서 그런가
쪼글쪼글한 게
영 볼품
없구먼.

흥정은 옛동 사람들에겐 생존이지만
새동 사람들에겐 유희 같습니다.

27

그래도 올 여름 오이 빛깔 이만큼 나온 건 내 집밖에 없다우.

알았으니 갯수나 잘 쳐 줘요.

은근히 양보하는 건 늘 새동 사람들 입니다.

장터엔 국밥집도 섭니다. 새동 사람들은 추억 속에 장터국밥을 맛보기도 하고, 옛동 사람들은 모처럼 손님이 되어 빈속을 채웁니다.

국밥 국밥

해 저물녘-

옛동 사람들도 새동 사람들도 하나 둘 장을 떠납니다.

올 때는 옛동 사람들의 머리에, 등에 있던 채소나 곡식들이

갈 때는 새동 사람들의 손에손에 들려 갑니다.

옛동 사람들은
텃밭에서 농사를 짓고

새동 사람들은 5일장에서
농사를 짓나 봅니다.

임하면 야화리 장날의 풍경입니다.

마침

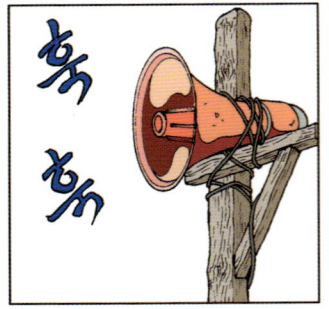

아~, 아~!
야화리 이장이 한 말씀
드리겠습니다.

내일 MBS 방송국에서
우리 마을을 찍으러
온답니다!

저것이
무슨
소리여?

야화리가
텔레비전에
나온대요.

주민 여러분께서는 한 분도
빠짐없이 나와주시기
바라겠습니다.

왜?

아름다운
마을이잖아요.

다음 날 아침

그래도 우리 마을을 찍으러 온다는데 체면이 있지····.

어허허~, 농사꾼 옷차림이 그게 뭐여?

맞아! 전국민이 다 보는 테레비에 나온다잖아.

그러면 우리 사돈네도 볼 것이고····.

그 색안경은?

아-, 요것은 그 옛날 하와이에 갔을 때····.

니가 하와이에 갔다고?

어허허~, 부곡 하와이 말여.

온다!

굴러온 돌이 박힌 돌을 뽑는다더니….

즈그들이 농촌 생활을 얼마나 했다고 테레비에 나오는겨!

벌써 촬영이 끝났어요?

끝났지, 한두 번 하는 촬영인가 어디-.

마침

꽃은 향기로
　　우리의 발길을 돌려세웁니다

가을이 되어 붉고 아름다운 꽃이 피면,
향기라는 우표를 붙여 제게 편지를 보내겠지요.
아름다운 세상에 초대해줘서 고맙다구요.

이야기 6 **꽃씨**

편지 돌리다 말고 뭐 하는 거요?

꽃씨를 심어요.

다리 앞을 지날 때마다 이곳에 꽃이 있으면 참 어울릴 거라 생각했거든요.

지천에 꽃인데
일부러 심을 건
또 뭐야?

조금 있으면
내 손으로 심은
꽃들이 인사를
할 거예요.

오늘 처음 떡잎
두 장으로 세상에
나왔어요.

?

그리고,
그다음 만날 땐,
벌써 키가
두 뼘이나
되었답니다.

지난 밤엔
별님과 밤새도록
별자리 이야기를
나누었어요.

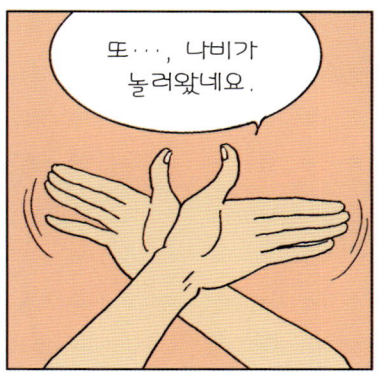

또···, 나비가
놀러왔네요.

때론…, "햇살이
너무 강해 갈증이 나요"
하며 물을 달라기도
하겠지요.

참!

하늘나리꽃은 키가
작으니까 해바라기를 심어,
햇볕가리개 우산을
씌워 줘야겠네요.

그러다 가을이 되어 붉고
아름다운 꽃이 피면,
그땐 향기라는 우표를 붙여
제게 편지를 보내겠지요.

아름다운 세상에
초대해줘서 고맙다구요.

이것 봐! 그쪽엔 고추를 심고 자투리땅엔 고구마를 심자고, 밭고랑 사이사이에는 드문드문 콩을 심는 게 좋겠어~!

마침

봄이 오면
민들레는
먼 곳,
가까운 곳으로
열심히 편지를
배달합니다.

기나긴 겨울 움츠렸던
몸을 기지개켜듯····.

춥고 추웠던 지난 겨울 땅 속
이야기를 세상에 알리려는 듯····.

민들레 홀씨는 새가 되어
날아갑니다.

참새 된 민들레는
집마당에 내려앉고,

종달새 된
민들레는
더욱더
높이
떠오릅니다.

우표도 안 붙인
봄편지 되어 산과 들에
그리고, 집집마다
배달됩니다.

마침

비 오는 날도
이 집의 편지
배달은 기다려
집니다.

탁

오늘은 한 통.

POST

딩동

POST

아마 커튼 사이로 흔들어주는
하얀 손 때문일 것입니다.

편지가 없는 날도
있습니다.

그런 날은 우편물 대신 들꽃다발을….

그리고, 오늘은 특별히 벨을 두 번.

딩동 딩동

하얀 커튼 사이로 흔들어주는
따뜻한 손에,
들꽃 향기는 나비 되어
빨간 자전거를 따라옵니다.

햇살보다 더 하얀,
미루나무길 하얀 집의
이야기입니다.

마침

밭고랑 마다마다
    땀으로 쓴 이름, 아버지!

우리 아버지는
　　내일 아침, 틀림없이 저 구멍난 양말을 신으실 거야.
왜냐하면 제일 먼저 일어나서 제일 먼저 나가시니까….
　　우리 아버지는 바본가 봐.
젤 먼저 골라 신는다는 게 만날 구멍난 양말이라니까.
　　그래…, 아버지가 되면 바보가 되나 봐.

괜찮아, 자식들 생각하는 것만으로도 마음이 바쁜데 뭐···.

자주들 오시나요?

······.

도시생활이 농촌만큼이야 한가하려구···.

또 옆에 거느린 처자가 있으면 마음은 있어도 몸이 맘대로 안 움직여지는 거라네.

그러니,
깊은 산속에서
홀가분한 나나
애들을
생각하는
거지.

이럴 때 할머니가
살아 계셨으면
좋았을 텐데‥‥.

후우-,
저 좋을 때 골라
훌쩍 간 사람
별로
생각나지도
않아.

애들 사진
하나하나 보며
할멈 생각은
열 번에
한 번쯤이나
할라나?

죽고 없는 할멈이니 해줄 건
없고, 생각날 때마다 돌멩이
하나 던져놓고 던져놓고 한 것이
저 모양이 되었군 그려.

마침

옛동에 혼자 사시는 노인네데···, 왜 그러시죠?

내참 기가 막혀서, 저쪽에 우체통이 있는데 번번이 우리 비디오 수거함에 편지를 넣는단 말이오!

아무리 나이 드신 노인네라도 그렇지,

우체통하고 수거함을 구분 못하나 그래?

벌써 내가 우체통에 대신 넣어준 것만도 몇십 통이 될 거야.

오늘 배달가면 단단히 얘기 좀 해주슈.

훗

김희문 할아버지
마음을 알 것도 같아요.

?

비디오테이프 속의
영화 이야기처럼-

기쁜 이야기,
슬픈 이야기,
그리운 이야기,
그 모든 이야기가
할아버지의 편지 속에도
담겨 있나 봐요.

그러니까
수거함 속에
넣으셨겠지요.

......

야흡남매를 두셨다는 그 노인네가
도시에 나가 사는 그 많은 자식들에게
돌아가며 편지를 쓰시다 보면
기쁘고…, 혹은 슬프고,
무슨 사연인들 없을라구요.

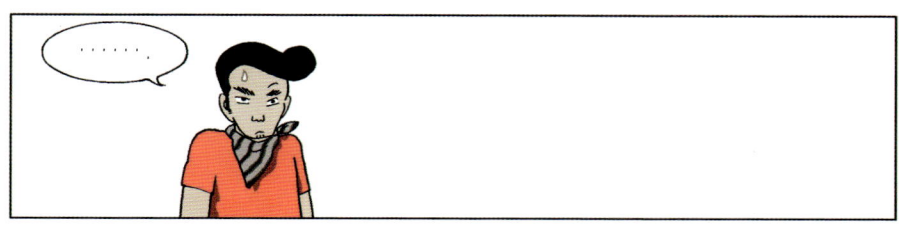

......

아저씨-

그 노인네 만나면 아무 소리도 마요!

그냥 내가 계속 우체통에 넣어주죠, 뭐~!

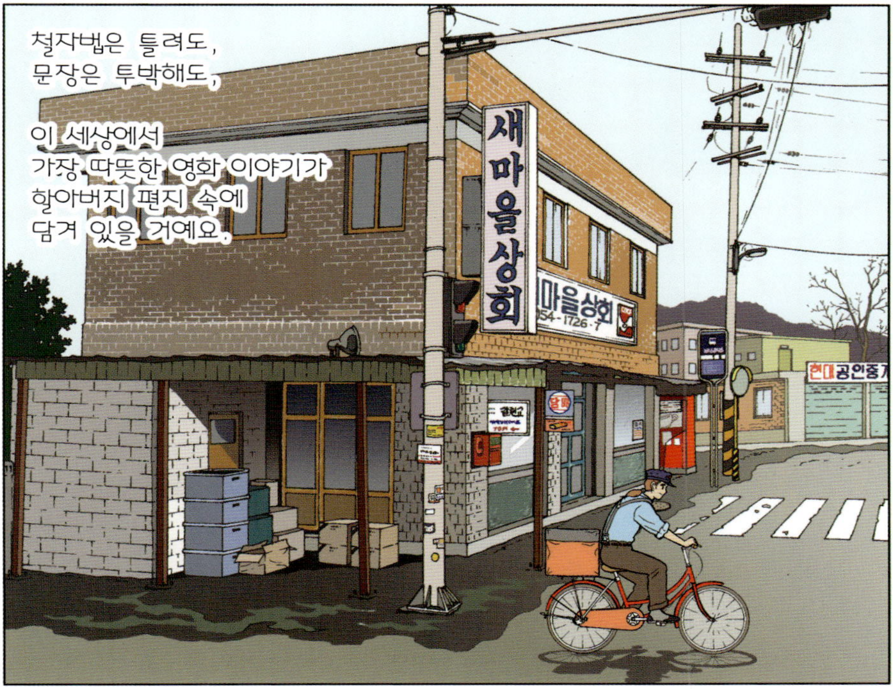

철자법은 틀려도,
문장은 투박해도,

이 세상에서
가장 따뜻한 영화 이야기가
할아버지 편지 속에
담겨 있을 거예요.

마침

뭘 보니?

황조롱이라도
내려앉았어?
아니면 청솔모라도
뛰어든 거야?

양말.

양말?

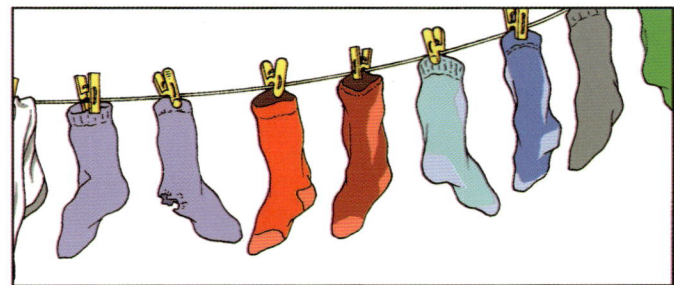

빨강, 파랑,
초록, 회색,
식구들이
많은가
보구나.

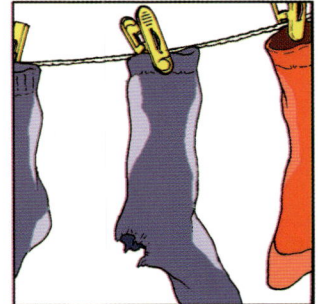

구멍난 양말도 있네.

그래서 구멍난 양말 사이로 아버지의 마음을 보고 있는 거야.

아저씨는 저 양말 중에서 어떤 양말을 신을 것 같아?

초록색. 지금도 초록색을 신고 있거든.

그 다음엔?

회색, 파랑, 그리고 빨간색.

그렇지만 우리 아버지는 내일 아침, 틀림없이 저 구멍난 양말을 신으실 거야.

그 다음엔?

구멍난 양말은 버려야지.

왜냐하면 제일 먼저 일어나서 제일 먼저 나가시니까….

……

우리 아버지는 바보인가 봐, 젤 먼저 골라 신는다는 게 만날 구멍난 양말 이라니까.

그래…, 아버지가 되면 바보가 되나 봐.

멀쩡한 것은 큰아이 신기고 예쁜 것은 작은아이 신기려다 보면 아버지 차지는 늘 구멍난 양말뿐이지, 뭐….

마침

그렇네요. 별생각 없이 배달하느라 그것까지 확인 못했어요.

가끔 나이 드신 분들은 보내는 주소와 받는 주소를 바꿔 쓰는 경우가 있거든요.

괜찮아.

답장을 받은 거나 한가지니까.

'수취인 불명-.'

이게 바로 더 이상 답장 기다리지 말라는 뜻이지 뭔가···.

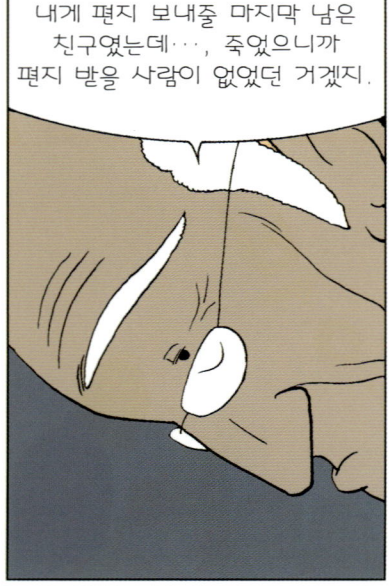

내게 편지 보내줄 마지막 남은 친구였는데···, 죽었으니까 편지 받을 사람이 없었던 거겠지.

64

마침

적어도 저 길로 하루 한 명은 지나갔다

눈뜨면 일어나
약수 한잔 마시고-

쓸어도
표 안 나는
산길을
습관처럼 쓴다.

그렇게 오늘도
손님맞이 준비를
하다 보면 깊은 산길
외딴집에 어김없이
빨간 자전거가
나타난다.

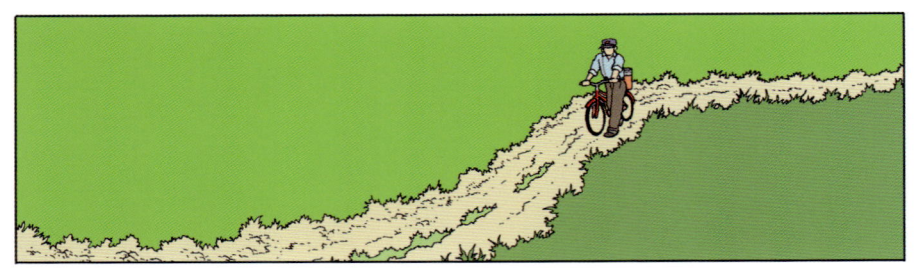

영감님, 오늘은 편지가 없네요.

어제도—, 그제도—, 한 달 내내 편지 한 장 없는데도, 늘 오늘은 편지가 없다고 한다.

그래도 매일매일 찾아주는 발소리가 그리워 이 시간을 기다린다.

어젠 이장님 댁 누렁이가 수송아지를 낳았어요.

읍내 보건소엔 새로 의사선생님이 오셨는데 여선생님이시구요.

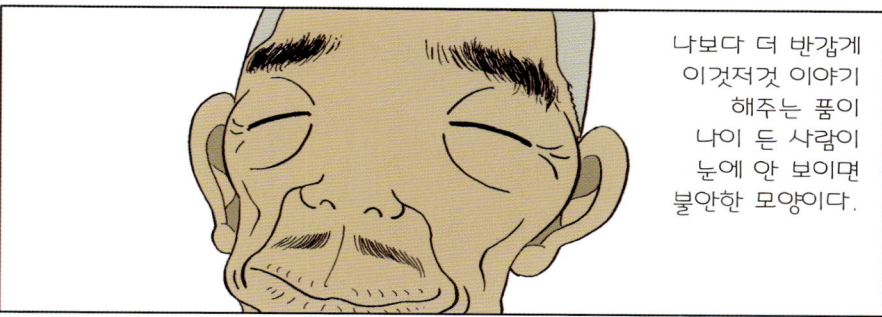

나보다 더 반갑게
이것저것 이야기
해주는 품이
나이 든 사람이
눈에 안 보이면
불안한 모양이다.

그렇게 하루 한 번
산골 외딴집에
손님이 다녀간 후에야
내 일을 보러 집을 나선다.

할멈,
이장네 집에 소가
송아지를 낳았대.

보건소 의사선생님이
새로 오셨다는구먼.
여선생님이시라네.
요즘 들어 부쩍 허리가
안 좋은데 나도 한번
가볼까나?

. . . .

마침

엄마 눈에 반짝,
눈물인 줄 알았더니

나 어렸을 땐 징용 가신 아버지의 편지를 받았고
　　　전쟁에 나간 남편 소식 전해준 것도 자네들이었어.
　그뿐인가, 큰애 대학교 합격통지서도 우편으로 받았지.
또 우리 애들 군대 3년,
　　　편지 없었으면 궁금해 어쩔 뻔했나?

소식을 전해주잖아.

나 어렸을 땐 징용 가신 아버지의 편지를 받았고 결혼해선 전쟁에 나간 남편 소식 전해준 것도 자네들이었어.

그뿐인가, 우리 큰애 대학교 합격통지서도 우편으로 받았지, 또····.

우리 애들 군대 3년, 편지 없었으면 궁금해 어쩔 뻔했나?

미안해요, 할머니.

뭐가?

요즘들이야 누가 편지 쓰나요.

집전화에 공중전화에 핸드폰으로 연락 하지요

그건 그래···.

그러니까 내일부터는 기다리지 마세요.

저야 돈 나갈 고지서밖에 배달 못하잖아요.

그건 그래···.

그래도 난 터덜터덜 우체부가 전해주는 편지가 더 좋은데···.

마침

사붓
사붓

사붓
사붓

사붓
사붓
사붓

사붓
사붓 사붓
사붓
끼악

어디 가세요?
할머니.

엥?

우편배달부
양반이었구랴.

왜? 가슴이 답답하세요?
그래서 병원에
가시는 길이에요?

응?
아, 아냐.

우리 손주가
또 도시락을
놓고 갔잖어.

그래서
도시락 갖다주러
학교 가는
길이지.

추운데
어떻게 가시려구요.

이리 주세요.
제가 얼른
갖다주고 올게요.

고맙네만 그래도
내가 가는 게
낫겠어.

자전거 타고 아무리
빨리 갖다준대도
이 할미 가슴속에
넣고 가는 밥보다야
따뜻하려구?

마침

여기서 뭐하세요?

아!

꽃은 남자한테보다
여자에게 더 어울릴 것
같아서···.

얼마나 오랫동안
서성거렸는지····.

홀아비 황씨의
망설임처럼
시든 꽃.

우표도 안 붙인
즉석 배달입니다.

꽃을 본 과부 경산댁의
검게 그을린 얼굴에
흰니가 조금 크게
보였습니다.

향기를 맡는지, 사연을 찾는지, 한참을
꽃 속에 얼굴을 묻은 경산댁이 그중
한 송이를
뽑아줍니다.

꽃배달을 한 내게 고마움으로 주는 꽃인지···.

꽃을 보내준 홀아비 황씨에 대한 답장인지 몰랐지만···.

두 사람이 한집에 살기 시작한 건 그해-

늦가을이었습니다.

마침

쉬 그칠 것 같지 않은데 들어와 쉬었다 가라니까.

금방 그치겠죠, 뭐····.

하늘빛을 봐. 금방 그칠 비가 아니야.

여우비인 줄 알았더니 제법 줄기차게 내리는데요.

누가 아니래, 머리랑 얼굴도 닦고···, 그러다 감기 걸릴라.

국물 좀 훌훌 마셔, 속이 풀릴 테니···.

이러싱까 봐 안 들어 오려고 했는데···.

빗님이 오시니 손님도 없고 나도 따뜻한 국물 생각났었는데 잘됐지 뭐야~.

비맞고 따뜻한
국물이 들어가니
졸음이 올 만도 하지.

이것봐, 안에 자리를
봐놨으니 한잠 자고 가,
응?

비가 그치면
내가 깨워줄
테니, 어서-.

괜찮아요~,
정말 괜찮다니까요~!

마침

주름살을 세서 뭐 하시게요?

오래··· 아주 오래전, 내가 새색시 적에····.

이 거울 앞에 앉았을 때 아무것도 안 그린 하얀 도화지 같은 얼굴이었는데····.

지금은 더 이상 그릴 수 없을 만큼 주름살로 꽉 찼네.

후훗~, 참 많이도 그렸다.

어떻게 보면 서러운 것도 같고, 그러다가도 대견스럽단 생각이 들기도 하고 그래···.

주름살은 왜 생겨 어르신들 맘 상하게 하나 모르겠어요.

아···아냐, 맘 상할 것 없어.

나이가 들면 기억력이 성치 않잖아.

그래서 살아온 길, 걸어온 길, 잊지 않으려고 얼굴에 하나하나 약도를 그려놓은 건데, 뭐···.

즐겁게
웃으며
간 길은
눈 옆에
그려 넣고,

힘들어
이를 악물고
간 길은
입 옆에
그려 넣고,

먼 길은 긴 주름을,
가까운 길은 짧은
주름을···.

야화리만 뱅뱅 도는
저는 어떤 주름이
생길까요?

미리 알면
그게 무슨 재민가?
자네가 한 줄 한 줄
그려 나가 봐.

마침

행복배달부!
　그것은 우편배달부의
또 다른 이름입니다

언젠가부터 텅 빈 우체통.
빈 우체통을 열 때마다
우편배달부의 가슴속엔 찬바람이 불어옵니다,

이야기 19 빈 우체통

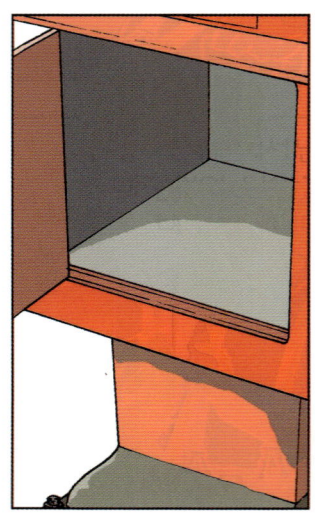

94

언젠가부터
텅 빈 우체통.

어제도···
그제도···

빈 우체통을 열 때마다
우편배달부의 가슴속엔
찬바람이 불어옵니다.

임하우체국

누군가에게
바람맞은 것처럼···.

어린 날
학교 갔다 오는 길에
엄마가 없는
텅 빈 집을 보는 것처럼···.

쓸쓸해집니다.

지금은 곤란하고
이따 저녁엔 어때?

목소리라도 듣고 싶어
전화한 거야.

농사꾼이 농사 짓는 게 일이지
새삼스럽게 힘들기는....
그래, 서울 애들은
잘 있구?

마침

절집 배달

가끔은 소풍 같은
배달도 있습니다.

아니,
하이킹 같은
배달입니다.

들을 가로지르고···

내를 건너기도 하면서···.

이런 날은 들꽃 한 송이로
장식도 하고,

만나는 나비마다
손짓하는 여유도
생깁니다.

가다가 시장하면
아무 곳이나 식탁이 되고

길 끝나는 곳에
자전거를 세워놓으면
거기가 자전거
보관소입니다.

머루랑 다래랑
따 먹으면서

지금부터는
등산 같은 배달길에
나섭니다.

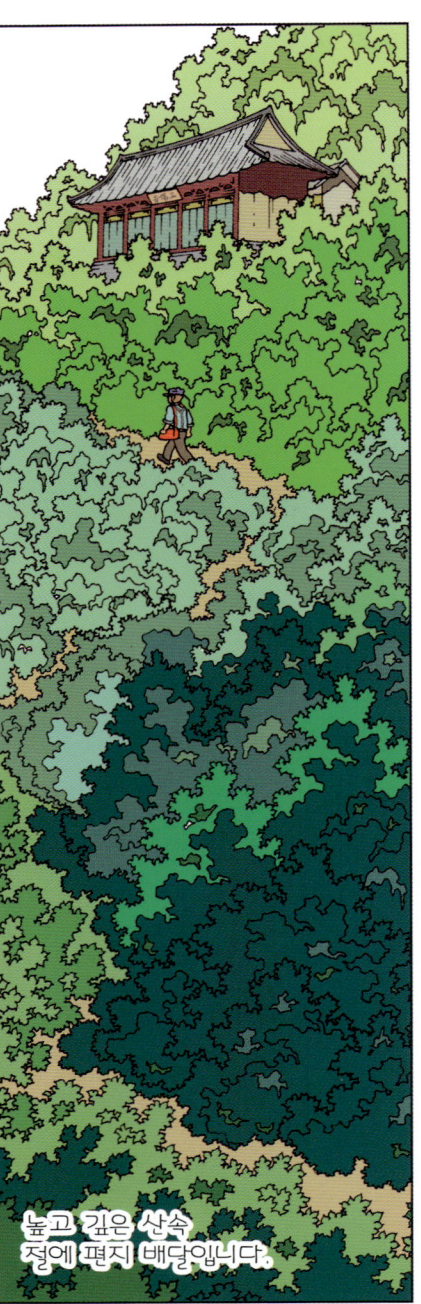

높고 깊은 산속
절에 편지 배달입니다.

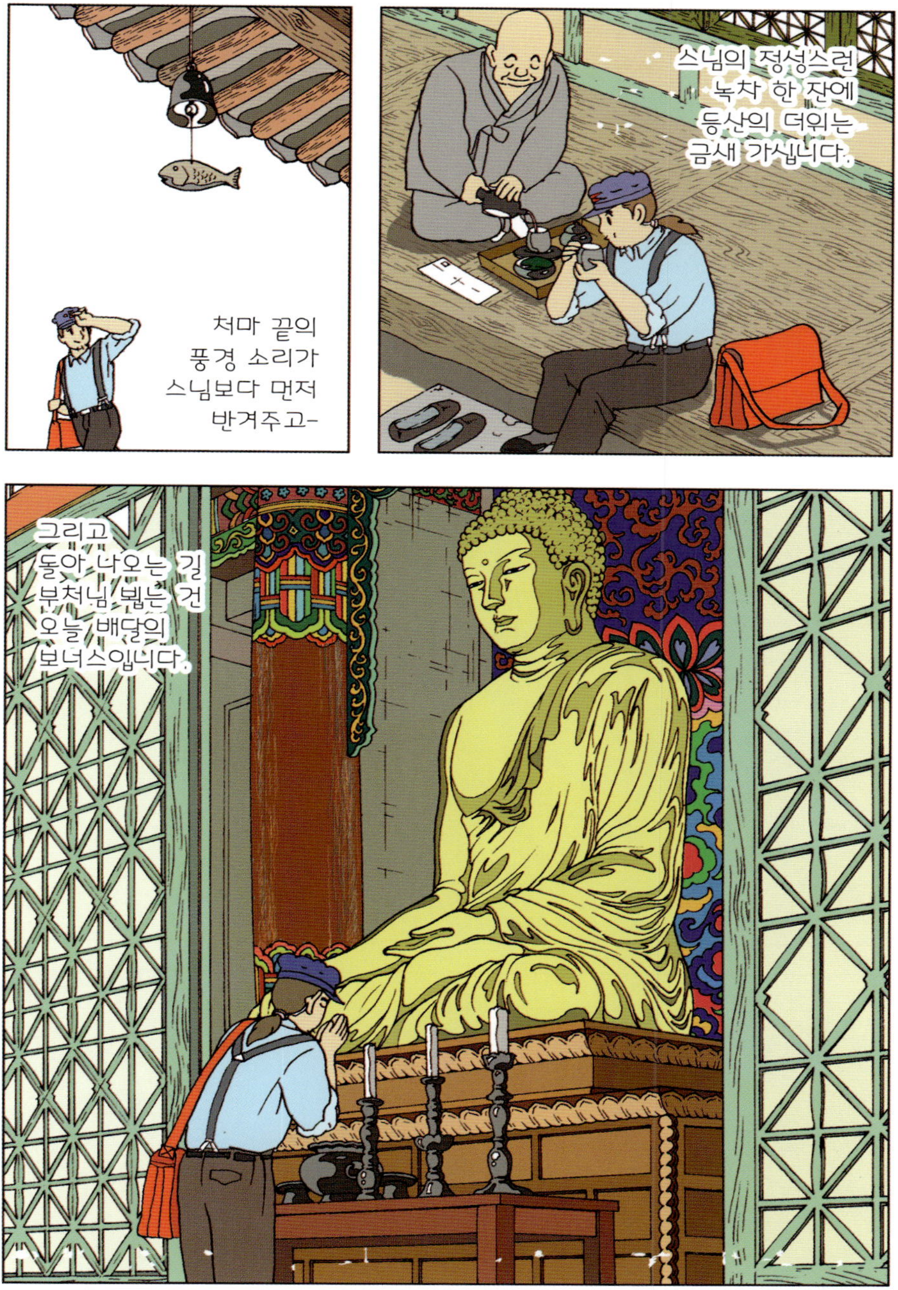

스님의 정성스런
녹차 한 잔에
등산의 더위는
금새 가십니다.

처마 끝의
풍경 소리가
스님보다 먼저
반겨주고-

그리고
돌아 나오는 길
부처님 뵙는 건
오늘 배달의
보너스입니다.

마침

아주 가끔은 특별한 일이
없는데도 잠이 안 올 때가 있다.

책을
읽어보기도
하고···.

약한 술에
취해보기도
하지만···.

더욱 또렷해지는
이상한 밤.

구구단을 외워보고

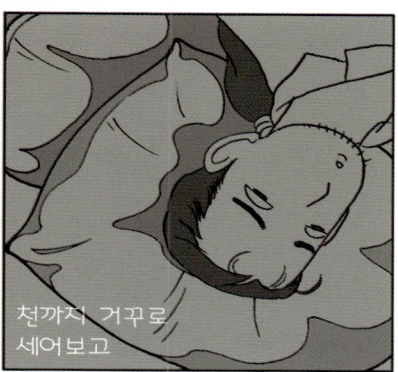

천까지 거꾸로
세어보고

양 한 마리… 양 두 마리…
백 마리의 양을 다 찾아도
잠 안 오는 밤.

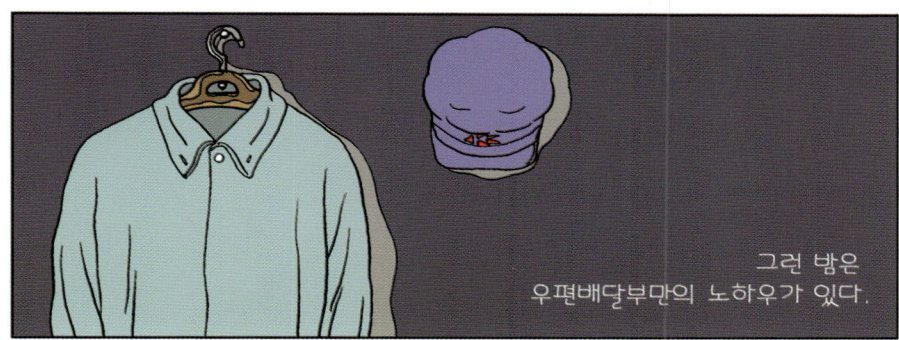

그런 밤은
우편배달부만의 노하우가 있다.

우체국을 나서면서부터
오늘 하루 지나간 코스를
되짚어가는 것.

우체국을 나와 소방서, 파출소, 약국, 정육점, 다리 건너 구멍가게, 논길을 지나
큰 대문집, 왼쪽으로 쌍둥이네, 한 집 건너 이장님 댁, 팽이나무밑 점박이네,
건너건너 육쟁이 할머니집, 소나무숲 지나 교장선생님 댁, 돌아 나와 과수원,
그리고 마을회관…

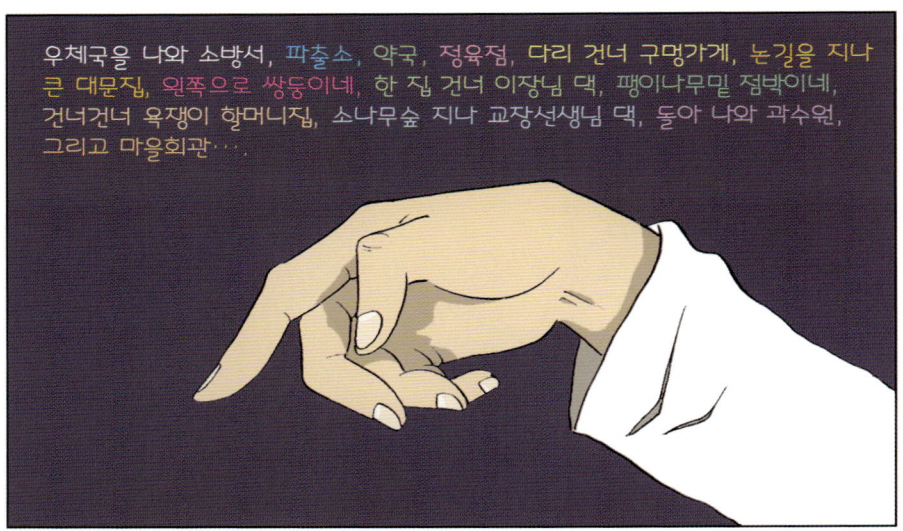

언제나 그렇듯이
마을회관 다음엔
기억을 못하지만···.

이런 날, 우편배달부는 밤에
한 번 더 배달을 한다.

마침

하얀 집에 오시는
손님이신가요?

아니요.
기차를 타고
가다가 마을이
예뻐서 그냥
내린 거예요.

그럼,
뒤에 타요.

원래 시골길은
우마차를 타고 가야
제맛이죠.

미루나무하고 어울리는 하얀 집이 있고···

하얀 집하고 어울리는 기분좋은 손짓도 있고 ····

그날-

임하면 야하리의 우편배달부는 두 명 이었습니다.

마침

우편배달부와
열차기관사는
닮은 게 참
많습니다.

기차는 열차표를
받고 목적지까지
태워다주고····.

편지는 우표를
붙여야 목적지까지
배달됩니다.

기차는 보고 느끼는
몸의 여행이지만····.

편지는 보고 생각하는
마음의 여행입니다····.

열차기관사는 몸을 실어 나르고···, 우편배달부는 마음을 실어 나르고···,
우편배달부와 열차기관사는 닮은 게 참 많습니다.

마침

이야기 24 개구리

늘 같은 길을
같은 시간에
같은 우편물을
배달하다 보면
지루하기도 합니다.

그래서 봄엔 살구꽃잎이
떨어지는 방향부터
배달하기도 하고

오른쪽으로
떨어진다.

왼쪽으로
구른다.

가을엔
낙엽
구르는
쪽부터
배달하기도
합니다.

114

왼쪽으로
뛰었다.

욕쟁이 할머니네
부터····.

다음은
오른쪽?

이번엔 목수네 집.

가끔은 수십 마리 개구리가 꼼짝 않고 길을 막을 때도 있습니다.

그럴 땐 왼·쪽·
오·른·쪽·어·느·쪽
부·터·배·달·하·는·게·
좋·은·지·알·아·
맞·혀·보····

세····

요!

오른쪽이다!

그렇담 새동 '별밤에
보면 제일 예쁜 집'
차례군.

다음은 어느 쪽?

여긴 개구리가 한 마리도 없잖아···.

이럴 때 비상수단이 있습니다.

바로 떨어지면 왼쪽, 뒤집어지면 오른쪽.

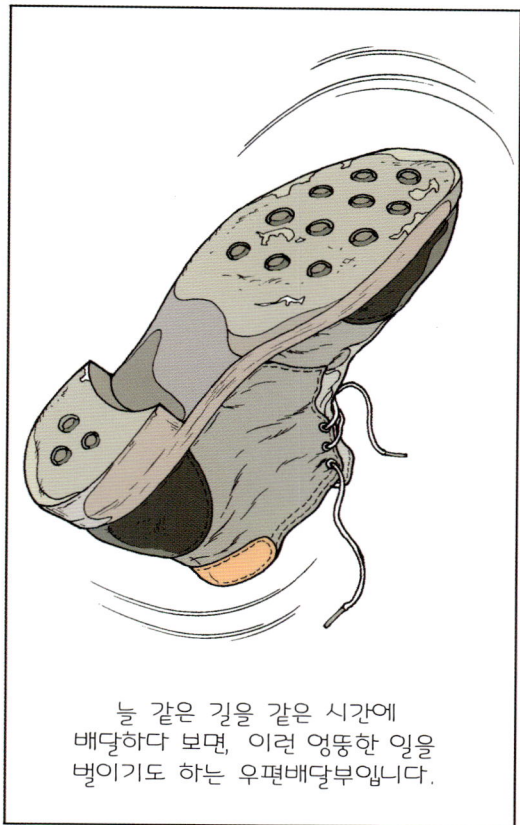

늘 같은 길을 같은 시간에 배달하다 보면, 이런 엉뚱한 일을 벌이기도 하는 우편배달부입니다.

마침

옛동 새동 사람들의
알록달록한 이야기

오늘은 네게 많은 친구들이 찾아왔구나.
　　　　들꽃은 향기로 너와의 마지막 인사를 나누고 싶대.
　　　숲 속의 바람도 여기까지 따라왔구.

이야기 25 화가

저 언덕 위의
느티나무를
그리시네요.

개울가 꽃길은 안 가보셨죠? 그곳 갈대밭은 원앙들의 놀이터예요.

철길 옆 연못엔 연꽃이 한창이고,

또 미루나무길도 좋고,

밤나무꽃 필 때면 밤꽃 향기가 얼마나 좋은데요…·.

참, 향기는 그림으로 표현 못하지.

허허허, 그 많은 풍경들을 그리려면, 아예 이 마을로 이사 와야겠군요.

그럼 너무 좋죠. 시인도 사시니까 친구 삼으셔도 좋구요.

가만···,
이 동네로 이사 오시면
새로운 주소를 하나씩 만드는데
주소는 그럼 뭘로 하죠?

화가네 집?
그림보다 더 그림 같은 집?
도화지에 그린 집?

그나저나 정말 저 화가님이
야화리로 이사 오실까?

마침

육쟁이
할머니는
일 나가셨나
보구나?

고추밭에-

왜
그냥 가요?

오늘은
너희 집에
편지 없는데···

다음 날.

왔다!

아저씨,
우리 집에
편지 온 거
없어요?

오늘도
없는데-.

126

마침

오늘도 네게 오는 편지가 없구나.

괜찮아요, 전 매일매일 편지를 받는걸요‥‥.

조금 전만 해도 바람이 스쳐가며 숲 속의 이야기를 들려줬어요.

그리고 또, 안개 구름, 비, 시냇물까지 흘러가며 안부를 물어주니까요.

도화지처럼 하얀 얼굴의 소녀입니다.

언젠가부터 소녀는 나를 기다렸지만 나는 그녀에게 편지를 전해준 기억이 없습니다.

벌써 며칠째
소녀가 보이지 않아.

소녀의 죽음을 전해준 건 읍내
보건소를 다녀오던 이장님입니다.

속병을 깊이 앓았다는 것과,
먼 친척의 빈집에 요양차 내려와
있었다는 것과, 어제저녁 안골
삼밭에 다녀오던 정씨가 쓰러진
소녀를 발견하고, 급히 보건소에
연락했지만 그곳에 도착하자마자
숨을 거두었다는 것‥‥.

영안실

보건소 뒤켠의 허름한
영안실을 사진 속의
소녀 혼자 지키고
있었습니다.

마침

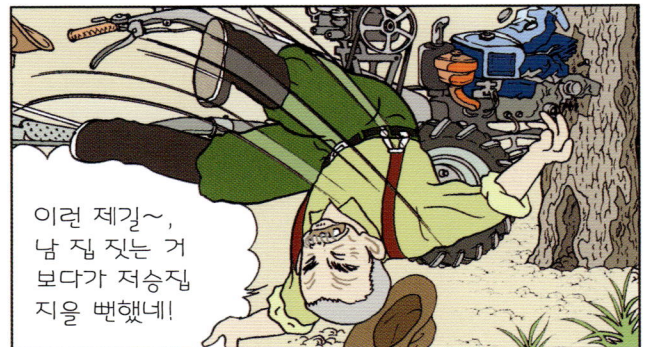

이런 제길~,
남 집 짓는 거
보다가 저승집
지을 뻔했네!

다치지
않으셨어요?

고생 그만하시고 영감님도 새집 한번 지어 보시죠?

평당 삼백이면 예쁜 집을 지어 드릴 수 있다니까요.

허이참, 농사꾼이 어울리지 않게 예쁜 집은 무슨····.

평생 땅 파며 고생하셨는데 한 번쯤 호강 하셔야지요.

집은 뭐 냇가 돌 주워다 짓남?

요즘 농촌분들이 도시 사람들 보다 알짜 부자예요.

다 쓸데없는 소리여, 비료값에 종자값에 농협 빚은 또 얼마나 많은데····.

그까짓 거 논 한 자락만 팔면 다 갚고도 집 지을 돈까지 남을 텐데 뭐 걱정이세요?

논 팔고 밭 팔아 빚 갚고, 집 짓고 나면 나는 손바닥에다 농사를 짓고?

꼴깍~

그러니까 농사는 이제 그만 지으시고, 집 짓고 남는 돈으로 토종닭집 같은 가게를 하시면서 사장님 소리 들으며 사셔야죠.

꼴깍~

어때요? 평당 이백오십이면 음식점도 멋지게 지어드릴 수 있는데.

읍내 박씨 아저씨도 논 팔아 치킨집 낸 거 아시죠?

제장할 놈의 거···

퍼덜 퍼덜 펄 펄 펄·

나도 한번
지어봐?

고구마밭 팔아
깨밭에다 집 짓고
담배밭 팔아
토종닭집을 내?

필퍼덜
퍼덜퍼펄 펄

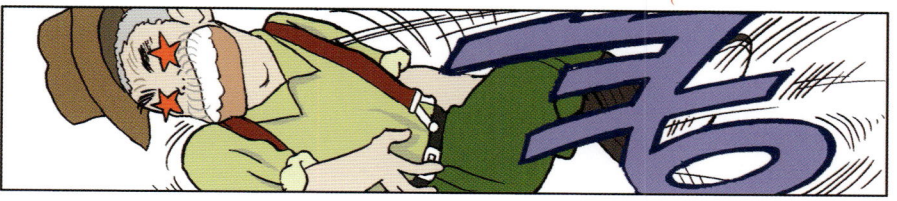

쿵

아니, 이놈의
경운기가 오늘
무슨 말을 들었나?

앞으로 10년은
더 일해야 할 것이
벌써부터
넘부러지면
어쩌자는 게야?!

꽝꽝꽝꽝

농협 빚에, 조합 빚에,
경운기 수리비까지
들게 생겼으니 올 농사도
꽝이로구먼, 꽝~!

퍼엉퍼엉펄
퍼덩텅

마침

허이~, 참,
요즘 사람들은
알다가도
모르겠다니까.

뜬금없이
그건 또
무슨 소리래?

아, 글쎄,
신작로 옆
저수지 가에
집을 짓는다네.

집 짓는 게
어때서?

보통 집이
아니라
여관이라나?
호텔이라나?

마을이라야 다 떠나고 조막만 한 데서 잘 데 없을까 봐 여관을 지어?

산지사방이 다 빈집이고, 그래도 잘 데 없으면 마을회관에서 자면 되지-.

그러니까 여관이 아니고 호텔이겠지.

호텔은 또 뭐야? 누가 이곳으로 신혼여행 이라도 온대?

호텔이 아니라 그참···, 뭐랬더라? 뭐랬는데···.

아하~, 모텔!

모텔은 또 뭐래?

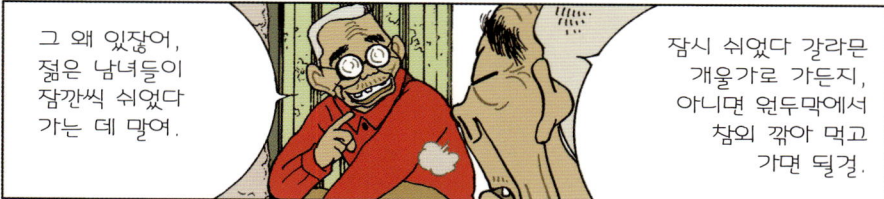

그 왜 있잖어, 젊은 남녀들이 잠깐씩 쉬었다 가는 데 말여.

잠시 쉬었다 갈라믄 개울가로 가든지, 아니면 원두막에서 참외 깎아 먹고 가면 될걸.

사람 참,
젊은 남녀들이
잠깐 쉬며 발 담그고
참외 깎아
먹을 일만
있겠나?

아니면?

이렇게 한적한
곳을 지나다 보면
마음도 풀리고 몸도
풀 곳이
필요하겠지.

그러니까···
말하자면···, 그 뭣이냐,
우리 때로 치면
보리밭이나 물레방앗간
같은 곳을 말하는
모양이구먼.

그렇지, 그렇지-.
이맘때쯤이면
보리밭 여기저기가
참 많이도
흔들렸지.

바람막이로
좋았던 건
무덤가도
빼놓을 수
없구.

킥킥
킥

키득키득

. . . .

그렇담 호텔인지
모텔인지 지을 자리에
차라리
보리를 심지.

그럼 우리 같은
노땅들, 가끔
기웃기웃하며
옛날 생각도
하고 좀 좋아.

이런 촌구석에
호텔은 무슨 놈의
호텔이여~!

호텔이 아니라
모텔이라니까
그러네~.

마침

안녕하세요.

우리집에 편지 왔나?

전기세 고지서네요.

이런 건 안 가져와도 돼.

논농사, 밭농사에 지붕 위의 호박까지 잘됐네요.

배달은 다 끝났구?

이제 웃말 쪽으로 가야지요.

잘됐네,
이 호박 웃말
봉희네 좀
갖다줄라나?

가는 길
이니까
그러죠, 뭐.

어디
다녀
오세요?

응,
우엉밭에-.

우엉 색깔이 아주
좋네요.

내가 원체
거름을 많이
줬거든.

이것봐, 가는 길이면
우리 동생네 우엉
좀 가져다주지.

다른 전할
말씀은
없구요?

고구마 캐면 또
보내주겠다고 해~.

비가 오나
눈이 오나 이 시간이면
어김없군.

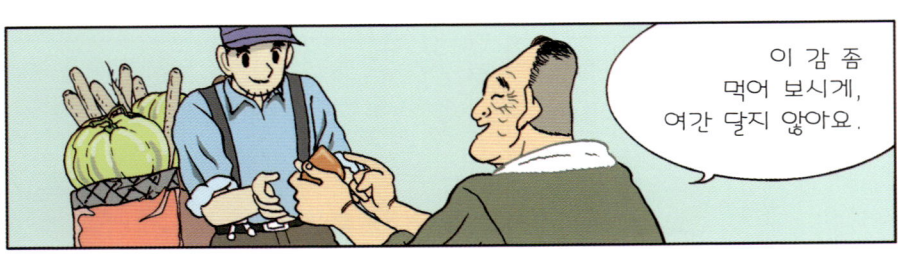

이 감 좀
먹어 보시게,
여간 달지 않아요.

그리고, 가는 길에
감 좀 전해주시게.
한 봉지는 외딴집
황씨네 몫이고
또 하나는
목수네
줄 거야.

가는 길
이니까요.

뭘 그렇게 잔뜩
실었누?

가을걷이
심부름이
술찮네요.

그렇지, 집집마다
추수 안 하는 집
없어도 나눠 먹는 게
사람 사는 맛이지.

내 심부름도
해줄라나?

이 고추 읍내
작은딸네 갖다주려던
건데····.

가는 길에
들렀다 가죠, 뭐.

그렇게 가을철의
우편배달부는
자전거 가득
정(情)을 배달합니다.

삐걱 삐걱 삐걱

마침

꽃이 피면…

　　겨울의 하얀 도화지 위에 색칠을 하려고
화구를 준비합니다.
　　물감이 마를 시간도 없이 빠르게 봄이 다가옵니다.
크레용으로 슥슥슥―.

　　봄 색깔치고 너무 진한 것 같아
색연필로 슥슥슥― 그리는 사이
　　진달래, 산수유, 목련에 개나리, 벚꽃이 지며
어느새 라일락 꽃가지엔 향기가 맺혔습니다.

접시꽃 좀
심어 볼라고.

따로 안 심어도
농촌에 보이는 게
꽃인데····.

접시꽃은 왜?

지금 꽃씨를
뿌려 놔야,
우리 딸애가
와서 보지.

그애 엄마가
접시꽃을 유난히
좋아했거든.

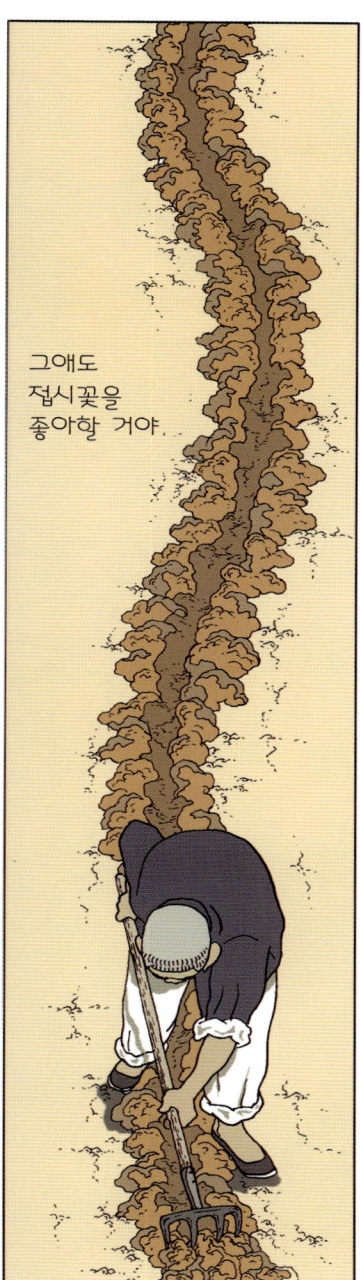

그애도
접시꽃을
좋아할 거야.

헐 일도
없다.

딸애가 친정 오면
닭이나 한 마리 잡아
주고 말지····.

지금이야 죽고 없지만,
휴가 때 내려와서
접시꽃을 보면
즈이 엄마 보는 것
같겠지.

마을 입구부터
집 앞까지 꽃씨를
뿌려 놨으니까····.

꽃핀 길 따라
걷다 보면 즈이
엄마 손잡고
걷는 것
같겄지····.

꽃이 피면····.

접시꽃이 피면····.

마침

읍내 초등학교 앞의 한옥 한 채.
그 집 편지가 있는 날이면
마치 달걀장수가 된 기분입니다.

주오섭의 <사랑방 손님과 어머니>의
젊은 청상과부가 나무 대문을 열고
나올 것 같기 때문입니다.

읍내와 야화리의 중간쯤에
늙은 노파처럼 쪼그리고
앉은 초라한 식당 하나.

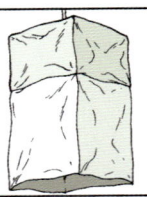

그래도 그 옛날엔
장날마다 북적였을
주막집.

지금은 주인도 바뀌고 건물도
초가에서 양철 지붕으로 바뀌었지만
하근찬의 소설 <수난이대>에 나오는
박만도와 진수 부자가 국수 한 그릇씩
말아 먹었을 법한 식당입니다.

봄이면 야화리의 산언덕에 노란 꽃이 지천으로 핍니다.

달빛 환한 밤길이면 소금을 뿌려놓은 듯
하얗게도 보일 꽃동산입니다.

이효석의 〈메밀꽃 필 무렵〉 같은
풍경입니다.

마을 입구 비탈밭엔
회색 자주색 감자꽃이
가득합니다.

그 감자꽃 속에서
김동인의 〈감자〉에
나오는 복녀를
생각합니다.

배달을 반쯤 하다 보면 잠시
쉬고 싶은 생각이 듭니다.
그때마다 찾는 곳이 이복 남매간의
금지된 사랑으로 마음 아파하는
강신재의 〈젊은 느티나무〉 같은
나무 아래입니다.

옛동에서 새동으로
가는 길엔 아직도
돌무더기가 쌓인
성황당이 있습니다.

그곳에선 남편이 돌아오길
기다리며 치성을 드리는
순이를 만납니다.

정비석의 〈성황당〉 같은
풍경입니다.

늦은 배달을 마치고 문득 하늘을 보면
보석을 뿌려놓은 듯한 별들 사이로
소녀의 얼굴이 나타납니다.
황순원의 <별>에 나오는 누이입니다.

마치 야화리는
한국문학전집 같습니다.

마침

어디
가시나 봐요?

아니-, 자녤
기다렸지.

저를요?

입춘이
지나고 나니,
냉이랑 달래가
논두렁 밭두렁에
지천이지 뭔가.

157

국 해 먹어도
좋고-.
무쳐 먹어도
좋고-.

그래서
고추장에 간장도
좀 넣었지.

참, 취나물하고
고사리 말린 것도
넣었구나.

아니···,
뭘 이렇게
많이.

봄에 입맛 돋우는 건
봄나물밖에 없거든.
봄나물은 향기가 좋아
고향 냄새도 날 거야.

우리 큰아들네
주소 알지?

엣?

작년에도 자네가
우체국에 가져다
소포로 부쳤잖아.

올해도 부탁해.

아···예.

내 심부름도
하나 해줄라나?

그건 또 뭐유?

흙이야.
시멘트에-
아스팔트에-
도시에 무슨
흙이 있겄나?

붐나물 냄새도
좋겠지만,
고향의 흙 냄새야말로
집 떠난 사람들에겐
보약 되겠지.

곡식은 농부의 땀 냄새를
맡으며 자라고···.
사람은 흙 냄새를 맡으며
뿌리가 깊어지는 것이니 말여.

마침

밭에 뭘 심어야 할지
생각 중이야.

작년에
가격이 좋은 걸 심으면
올핸 몰릴 테구.

손쉬운 작물을 심자니
비료값도 안 나올 테고
마땅한 게 없어.

이맘때쯤이면
머리싸움 하느라 몸이
곱쟁이로 힘들다니까.

꽃밭 가꾸세요?

꽃밭 이라니?

아까운 땅에 농사를 지어야지.

뭘 심으 시게요?

아무거나 심더라도 이파리와 꽃이 예쁜 작물을 심으려고 ····.

감자를 심을까? 도라지를 심을까?

뭘 심을지 몰라 이맘때쯤이면 마치 퀴즈를 푸는 기분이야.

같은 땅에 농사를 짓는다면서 옛동 사람들은 제값 받고 팔 품종을 생각하고, 새동 사람들은 자라는 걸 보며 즐길 수 있는 예쁜 품종을 생각합니다.

봄은 그렇게 옛동에도 새동에도 숙제를 주는 계절입니다.

마침

어허~.
고참님들 보고
병아리라니?

같은 일흔줄이라고
맞먹자네.
내가 두 살이 더 많아
이 사람아.

나이가
대수냐?
넌 이등병
이잖아.

내가
이등병?

네 이마를 봐라,
선명한 작대기
하나.

난 작대기 세 개,
상병이다.

고 밑으로 잔주름
하나 더 생기는 게
내년엔 병장
진급할라나?

눈 옆에 주름은
내가 두 배 더 많다.

떼쓸 걸 써야지, 누가 눈주름을 주름으로 쳐준대?

그럼 흰머리는 내가 더 많다.

아예 난 대머리야.

니들은 어떻게 눈만 마주치면 싸우냐?

주름 많은 것도 자랑이라고 인석이 큰소리 치는 게 같잖아서 그러지.

그러게 남 늙을 땐 뭐하고 혼자 탱탱해서 수모를 당하나 그래?

그···뭐라더라 보톡슨가 하는 주사 맞는 거 아녀?

아니면 혼자 마사지 받으러 다녔남.

설마···. 아직 덜 자라서 그런 게지.

그러니 자네도 너무 서운해 말어. 비바람 맞으며 어른이 되다 보면, 온몸에 금이 가며 주름도 늘어날 테니 말여.

자자, 햇살도 좋겠다
막걸리나 한잔 하며
기분들 풀자구.

아- 뭐하고 있어.
냉큼 가서 막걸리 한 통
받아오지 않고?

낼보고 니들
심부름 가라고?

아니면 갈매기 세 개에
작대기 네 개 단 고참
상사가 갔다 오랴?

그러지 말고
갓 일흔 된
정가 녀석을
보내지.

이 동네 애들
군기 빠져
안 되겠네.

이마에 왕별이
안 보여? 장군이
막걸리통 들고
뛰어다니는 거
봤어?

마침

거름을 쌓았던 자리는 치우면 멀끔해지는데.

사람이 들었다 난 자리는 지워도 지워도 얼룩이니 말여.

죄송하지만 현이 초등학교 졸업 때까지만 맡아 주세요.

현이가 중학교 가기 전 어떻게든 자리를 잡아 데리고 갈 테니까요.

걱정 말어.

그리고 객지에서 혼자 애쓰지 말고 어지간하면 너도 내려와.

아니요. 무너진 자리에서 다시 일어나고 싶어요.

그래, 그런 마음이면 됐다.

여기 좀 봐라.

새 잎이 쇠가죽보다
두꺼운 나무 껍질을
뚫고 나오느라
얼마나 힘들었겠니?

그리고 또
여길 좀 봐.

아기 손톱보다
더 여린 새싹들이
제 몸보다 천 배 만 배
무거운 흙덩이를
들치고 나왔잖아.

이제 저 어린 싹들이 저 앙상한 나무를 온통 푸르게 가리고, 누런 땅을 초록으로 덮을 거야. 우리가 아무리 힘들어도 새싹들이 땅을 뚫고 나오는 것만큼이야 힘들라구?

애비는 힘들 때마다 나무와 흙을 보며 선생이라 생각하며 살아왔다.

온몸이 근질근질한 게 벌써부터 제 몸에 새잎이 나오려나 봐요.

그래, 봄은 그렇게 마음에 나무를 심고, 농사짓는 사람에게 가장 먼저 오는 계절일 것이여.

발바닥도 간질간질한 게 새싹이 나오려는 게죠?

임하
춘산 옥강

마침

뭐하세요?

쉿-.
사실은 오늘이
우리 집사람
생일이거든.

빠듯한 농촌 살림에 따로 선물 사기도 뭣해서 들꽃이라도 전해줄라고.

오늘도 꽃배달 해 드릴까요?

아니, 내 손으로 하고자픈데 도무지 쑥스러워서 말여.

미안하지만 우리 집사람 저쪽으로 불러 내주소.

그사이 내가 꽃을 갖다 놓을 모양이니까.

아주머니.

나 불렀슈? 우리집에 편지 온 거유?

아주머니가 내려온 사이
황씨는 아주머니가 일하던
자리로 달려가더니

쭈그리고 앉아
무언가를 열심히 합니다.

조금은 시간을 끌어야
할 것 같아 이런저런
이야기를 하는 사이
일을 마친 황씨가
소나무 뒤로
사라집니다.

그럼
수고하세요.

우리집 양반처럼
싱겁긴····.

나도요-!

말수가 적어
어눌한 것 같아도
농촌 사람들의
러브레터엔
들꽃 향기가
가득합니다.

마침

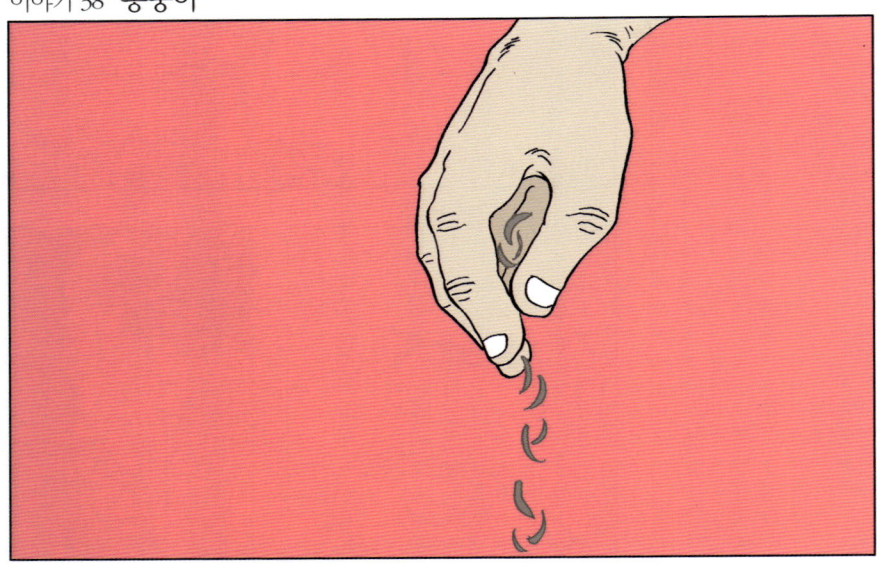

뭘
심는 거유?

시익~

봉숭아 꽃씨잖어요.

177

처음 시집 왔을 때 툇마루에 앉아 임자 손에 봉숭아물 들이는 게 귀여워 보였거든.

하유···, 다 옛날이쥬.

논일을 많이 해서 그런가 지금은 손바닥이 논바닥처럼 갈라지고····

밭일을 많이 해서 그런가 손등에 밭고랑 같은 주름만 남은겨유.

난 나이를 먹으며 이빨부터 나빠지던데 임자는 눈부터 나빠지나 보지?

그건 또 먼소리래요?

내가 볼 땐 지금도 여전히 곱기만 한데···. 논바닥 밭고랑 하니 말여.

말 한마디에 옛날로 돌아간다면 얼마나 좋을까유.

이번 여름에 봉숭아 꽃이 활짝 피면 봉숭아물 들여봐. 금세 새색시처럼 고와질 테니···.

이젠 아이들도 다 키웠겠다, 임자 위해 물들여 보라구.

분꽃도 심어줄 테니 분가루도 바르고···.

마침

나이를 먹었다 해도
천생 여잔가 봐유.
영감님 그 한마디에
푼수 없이 가슴이
콩닥콩닥하니 말유.

마침

들꽃은 온몸을 흔들며
향기로 맞아 주고

비가 옵니다.

　물 마른 냇가에 징검다리가 생겼습니다.
돌다리 하나하나 경중 경중 경중…

　비갠 후 햇살이 벌침처럼 따갑습니다.
그 더위에 찔리지 않으려고
　나무 그늘 사이사이로 경중 경중 경중…

거- 냄새만 구수하구만
왜 코를 막고 그러슈?

저 위 전원주택으로 이사 오셨지?

아, 네.

들꽃 향기 뿐만 아니라, 거름 냄새까지 좋아져야 진짜배기 이곳 사람이 되는 거라우.

사람 몸에서 나온 거라 냄새는 좀 나도 치면 칠수록 땅힘이 좋아지거든.

비료가 양약 같은 거라면 거름은 한약 같은 거라.

여기서 쭉 사셨어요?

벌써 7대째요.

그러시면 어릴 때 꿈은 뭐였어요?

어릴 때
꿈?

어릴 때 꿈이야
허구한 날 개꿈
이었죠. 껄껄껄!

그런 거 말고요.
어른이 되면 이루고
싶었던 일 같은 거‥‥.

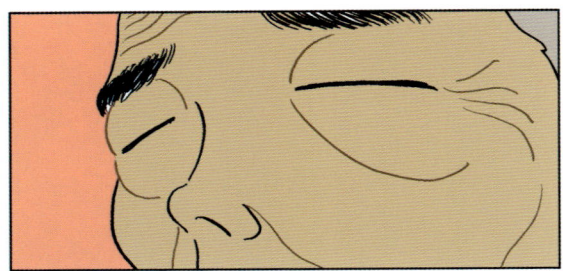

하나
있었구먼.

저 아래 개울가에
세 마지기짜리 밭이
하나 있었는데,
뒤에는 밤나무숲에
앞엔 개울이 있어
일하다 밤 따 먹고
손도 씻을 수 있어
너무 좋았지.

그래서 어른이
되면 그 밭을
꼭 살 거라고
생각했었수.

사셨어요?

결혼해
둘째 애
낳던 해
사고 말았죠.

그쪽에 비하면
난 꿈을 두 배로 이룬 거라.

사실은 밤나무밭
옆에 있는 밭까지
사고 말았거든.
키득키득.

그러고 나니까
더 큰 밭 사고 싶지
않으세요?

내 나이가 몇인데?
더 많은 땅 탐하다가는
이렇게 앉아
노을 보는 시간도
빼앗겨 버릴걸.

그러고 보니 나이 먹으면
햇살 좋은 양지에 앉아
마냥 햇볕 쬐겠다는
꿈이 또 하나 있었군 그래-.

마침

뭐해?

우리 손주가
왔으니 할미가
부침개를 했지.

깨작깨작.

안 먹어.
피자인 줄
알았잖아.

피자가 뭐냐?

할머니는
수퍼 옆 도레미
피자도 몰라요?
전화만 하면
배달해
주는데‥‥.

피자가
뭐유?

요즘 아이들이
좋아하는 서양
부침개
같은 거예요.

읍내 우체국
옆에도 새로
생겼던데요.

그래?

쿠폰도 쪘어요.
이거 열 장 모아 가면
한 판이 공짠데
다음엔 세트 메뉴로
먹어야지.

그래라 까짓 거,
밤새 땅바닥
기어서라도 우리 손주
먹고 싶은 거 하나
못 사주랴.

읍내에서
피자 사먹이고
오는 길이세요?

아니~
오이 4백 개 먹이고
오는 길이야.

쌀로 치면
두 말쯤 될라나?

?

?

끽

마침

이야기 41 **뒷간**

화장실이
어디야?

뒷간
말이냐?

집 뒤로 돌아가서
밖에 있지.

낮에 그 큰
서양 부침개를 혼자
다 먹더니···,
쯧···.

까아~!

왜 그래?
먼 일이여?

무서워~!

뒷간이
다 그렇지
뭐···.

그래도 너 왔다고
흉한 거 안 보이려구
나뭇잎 얹고
횟가루까지
뿌렸구먼.

여기 말고 딴 데 또 없어요?

그럼 그 옆 밭에다 누렴. 내일 아침 할미가 치워줄 테니.

할머니 가면 안 돼.

인석아, 넌 똥 무섭다고 소리치고 나오더니 할미 보고는 네 똥 옆에 있으라는 거니?

그래도 내 몸에서 나온 뿌리라고 똥내도 싫지 않네 그려.

무섭게 화장실을 왜 집 뒤에 지었지?

그야 응덩이가 뒤에 달렸으니 집 뒤에 지었지.

시골 화장실도 좋은 게 딱 하나 있구나. 응가하며 별을 볼 수 있는 거 · · · .

그뿐인지 아니, 앉아서 사시사철 변하는 것도 보고-. 눈 오는 날은 사박사박 발자국 남기는 맛도 술찮지.

196

마침

편지 왔어요.

착

저렇게 사람이 무서우면 왜 시골에 살아?

도시에서 아파트 문 꽁꽁 걸어 잠그고 살지.

시골은 밭에 가고,
논에 가고, 사람이 없으면
개라도 반겨 주는데‥‥.

그래서 시골 개는
사람 지키는
개가 아니라,

빈 집에
사람 반기라는
개인데‥‥.

그것도 아니라면
바람 소리라도 반겨 주고-.

들꽃은 온몸을 흔들며 향기로 맞아 주고-.

하다못해 큰 나무는 시원한 그늘을 만들어 주며, 쉬었다 가라고 붙잡아 주는 게 시골 인심인데···.

마침

땅값 꽤나 올랐지?

오르면 뭐해, 살려고 지은 집인걸.

그래도 은값에 사는 거와 금값에 사는 건 다르지.

참, 오다가 보니까 저 아래 헌 동네가 있던데 빈집도 더러 있더라구.

옛동 말이구나.

그쪽은 아직도 값이 어수룩하지 않을까?

말 나온 김에 우리가 시작해볼까?

몇 사람이 어울려 한 집씩 재개발하면, 헌 동네가 전원주택 단지 되는 거지 뭐ー.

그러면 땅값도 올라갈 테고ー.

저런 소리를 들으면 내 마음이 먼저 무너져 내립니다.

몇 대를 거쳐 수백 년 동안
손으로 다듬어진 마을이
모래성처럼 허물어질까 봐···.

내 마음부터
모래성이 되어
허물어집니다.

마침

이런!

아직 편지는
반도 배달
못 했는데
펑크라니····.

자전거에 스페어 타이어가 있을 리 없고····.

이럴 때 대비해서 펌프를 가지고 다닐 수도 없고.

마을 한가운데 자전거 수리점도 없고····.

이런 날은 정말 난감하다.

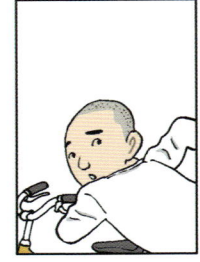

전 학교 수업이
끝나고
오는 길이지만,

아저씨는
아직 배달이 많이
남았잖아요····.

순간 오후의 햇살을
받은 은빛 바퀴가
내 가슴속에
느리게 지나갑니다.

마침

살금
살금

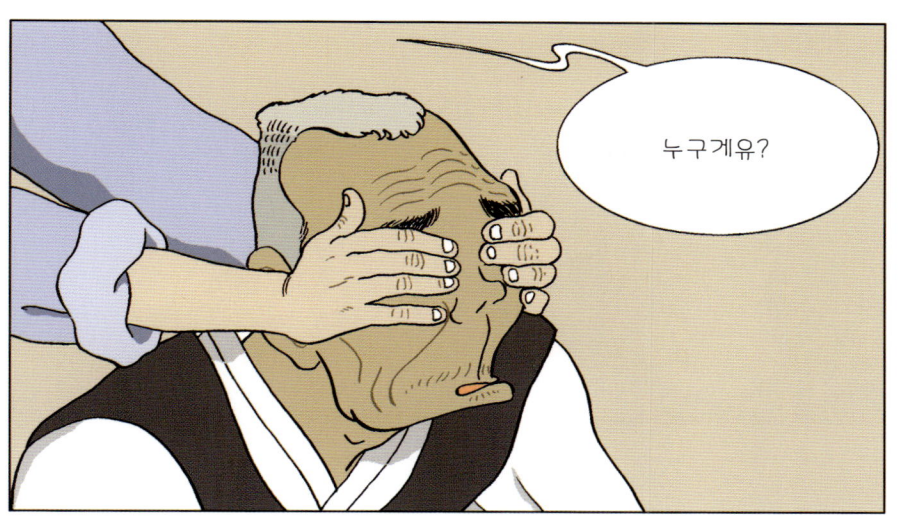

누구게유?

가만있어 보자····.

목소리가 찰랑찰랑한 게 그 옛날 라디오에 나오는 고은정 같은데?

손이 오동포동한 것을 보면 읍내 주막에 새로 온 색시 같고.

얼굴이 달걀처럼 갸름한 것이 영화배우 김지미인가?

이 얼굴이 김지미 얼굴 같다구요?

고은정 목소리에 오동포동한 손이 주막집 색시 손 같다 했수?

영감은 허구한 날 그 여자들만 생각한 거유?

아···아니 내 얘기는 웃자고 한···.

맞아유.
웃자고 한 소리쥬~.
비웃자고!

허어···, 참 그렇다고 더덕 같은
손에 자갈 구르는 소리, 족제비
같은 얼굴이라고 하면
임자가 가만 있겠어?

가만 있긴유?
곡괭이 잡은 김에
땅속에 묻어뿔라요!

그것 보라니까!

마침

임자
밖에 있었는가?

네.
새벽잠이 깨더니
영 잠이 안 와서유.

자꾸만 뒤척이면
영감님
잠 깰 거 아뉴~.

감기라도 들면
어쩌려구?

무슨
걱정거리라도
있남?

영감님도
모르게 혼자 할
걱정이
있을라구요.

그렇게
잠이 안 오면
팔베개라도
해달라지 않구.

다- 옛날 말이쥬. 그전엔 영감님 팔베개하고 눈을 감으면 봄잔디같이 포근했는데···.

지금은?

버스럭거리는 게 가을 낙엽 같지요, 뭐.

그럼 성냥불만 그셔대면 활활 타오르겠네.

해석이 좋수.

내일 또 하루 종일 밭일해야 할 텐데 조금이라도 더 자둬요.

임자하고 이러고 있는 것도 나쁘지 않은데, 뭘.

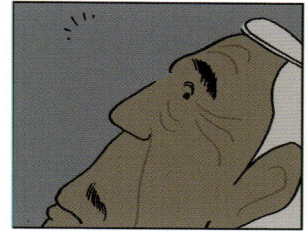

사람····.

쿨~.

혼자서
밤새울 것
같더니····.

마침

야화리의 풍경들을
악보에 옮기면

낙엽 구르는 소리에 돌아보고 돌아보고.
단풍 색깔 깊어질수록 내 얼굴 붉어지고 붉어지고…

저기 가운데 큰 사진은
큰애 결혼식 사진인디
그날 참 손님도 많았지.

아- 그럼,
이 마을에서
버스가 두 대나
올라간걸.

그 옆 사진은
청주 사는
셋째 딸네
가족 사진이고.

저쪽에 큰 사진은
너희 작은아버지.

지금은
일산
큰 아파트에
살제.

그랜디 우리 비헹기 타고 제주도 갔을 때, 말 타고 찍은 사진 있었는디 통 안 보여?

지가 봉투 속에 넣어서 잘 뒀슈.

저기 저 막내 경혼식허면 새로 사진틀 걸어야 할 텐디 그때나 걸어야쥬.

안 걸으셔도 돼요. 제가 예쁘게 앨범에 넣어서 갖다 드릴게요.

그건 그렇고···, 니네 경혼허면 사진틀은 어디에 걸까나?

그리고 앨범 몇 개 더 사다 드릴 테니 저 사진들 빼서 앨범에 넣어 두세요.

왜?

촌스럽잖아요.

그것 촌스러운 게 아니라 자식들 잘 키웠다고 보란 듯이 걸어 놓은 훈장 같은 겨.

드나들 때마다 사진 속의 자식들이 한눈에 쫙 들어오고, 얼매나 든든허냐?

왜 자식들을 책 속에 꽁꽁 숨겨놓고 본대니?

저렇게 한눈에 두고 봐야지, 암!

마침

이것봐,
둘리.

둘리,
내 말 안 들려?

둘리라니요?

자넨
테레비도
안 보나?

그 왜 애들 보는
만화영화
있잖은가.

아~, 네.
아기공룡
둘리요.

그게 공룡이었어? 난 또 동글동글해서 물개인 줄 알았지.

갑자기 왜 박노인이 둘리가 됐어요?

?

코에 뿔이 있는 것도 아니고,

꼬리도 없잖아요.

그리고 또, 둘리는 초록색 이거든요.

나잇살이나
먹어가지고···.
푼수여, 푼수.

자네가 혹시
전화했는가?

그래 가만···,
내가 왜 전화했더라?
요즘 당최
기억력이···.

우리 주변엔 멋진 노인들이 많습니다.

꽃을 든 노인.
뚜껑 열린 빨간 자동차를 운전하던 노인.
서점에서 시집을 고르던 노인.

핸드폰에 만화 주인공을 달고 다니는 박노인은 그후로 본,
가장 멋쟁이 노인입니다.

마침

이야기 49 우체국장님

야화리 쪽 우편물이 많이 밀렸네.

그쪽 배달 담당은 내일까지 교육인데 어쩌죠?

우리 둘이 나눠서 배달해야지.

우체국 일은 즉석식품 같아. 그날그날 배달해야 하니····.

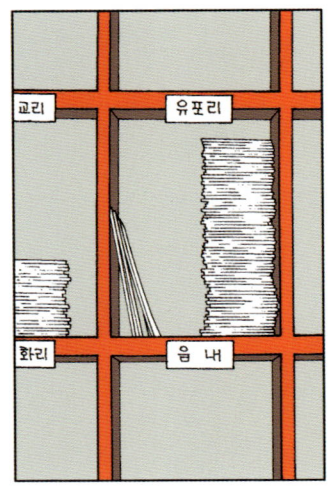

아무래도 젊은 미스 리가 양이 많은 읍내 쪽을 맡아야겠지?

이거야 원~,
번지수는 없고
'햇살 잘드는 집'
이라니···.

우체국장님이
우리 마을엔
웬일이세요?

아 예,
이 마을
담당이
교육을
가서요.

혹시
'햇살 잘드는 집'을
아시나요?

우리집이죠.
집은 작아도
정남향인데.

햇살이야 우리
집이 더 잘 들지,
산도 안 가리고
신작로 쪽으로
툭 틔었잖아.

농촌치고 햇살
안 드는 집이
어디 있대요?

그···그럼
'난초 향기
가득한 집'은요?

232

호르륵~

후륵.

나 혼자 배달하는 동안 미스 리는 신선 놀음 하고 있었군!

제가 맡은 배달은 다 했는데요.

뻘꺽

설마 몽땅 우체통에 넣고 온 건 아니겠지?

읍내 쪽은 집들이 붙어 있어 금방 끝나던데요.

난 하루 종일 러시아 소설을 읽은 기분이야.

?

햇살 잘드는 집, 난초 향기 가득한 집, 새가 쉬어가는 집에···, 밤에 보면 제일 예쁜 집,

집 이름 외우다가 시간 다 보냈다니까!

마침

웬일로 낙엽을
다 쓰세요?

응, 그냥···.
어허허
　　허허~

좋은 일이라도
있으신가 봐요.

좋은 일은 뭐···.
우리 딸애가 온대.

모처럼 친정 나들이인데 너절한 모습을 보여줄 수 있나?

집은 허름해도 길이라도 깨끗해야지, 암.

안그래도 할멈도 없는 집에 영감 혼자 산다고 늘 마음 쓰고 있을 텐데···.

까실

모처럼 면도도 해야겠구먼.

면장님 앞에서도…
할머니 앞에서도 안 하셨던 면도를
따님이 온다니까 하십니다.

친정이 초라해 보일까 봐
안팎으로 쓸고…,

늙은 아버지 보며 마음 아파할까 봐
면도도 하고.

아버지에겐 자식이
가장 큰 손님인가 봅니다.

마침

나는
아래서부터
위로 편지를
배달하는데,

낙엽은 물길 따라
아래로 아래로
배달합니다.

산속에 가을이 왔다고,

어서 빨리 단풍 구경 오라고,
글씨 없는 편지를
배달합니다.

누군가는 그리움을
한 장 한 장 모아
사랑의 표시를
했습니다.

가을은 그렇게
누군가에게
손짓하는
계절입니다.

그래서 그런지 이 가을엔 시인의 집으로
배달되는 편지가 부쩍 많아졌습니다.
그제도 어제도, 언제나처럼 나의 편지 배달에
고마움으로 시 한 편씩 우체통에 넣어 주시는 시인 선생님.

그런데 오늘은
하얀 종이가
없습니다.

대신 빛 바랜
낙엽 한 잎.

바쁘셨나 봐.
아니면 여행을
가셨을까?

아!

낙엽에 시를 써 주신 겁니다.

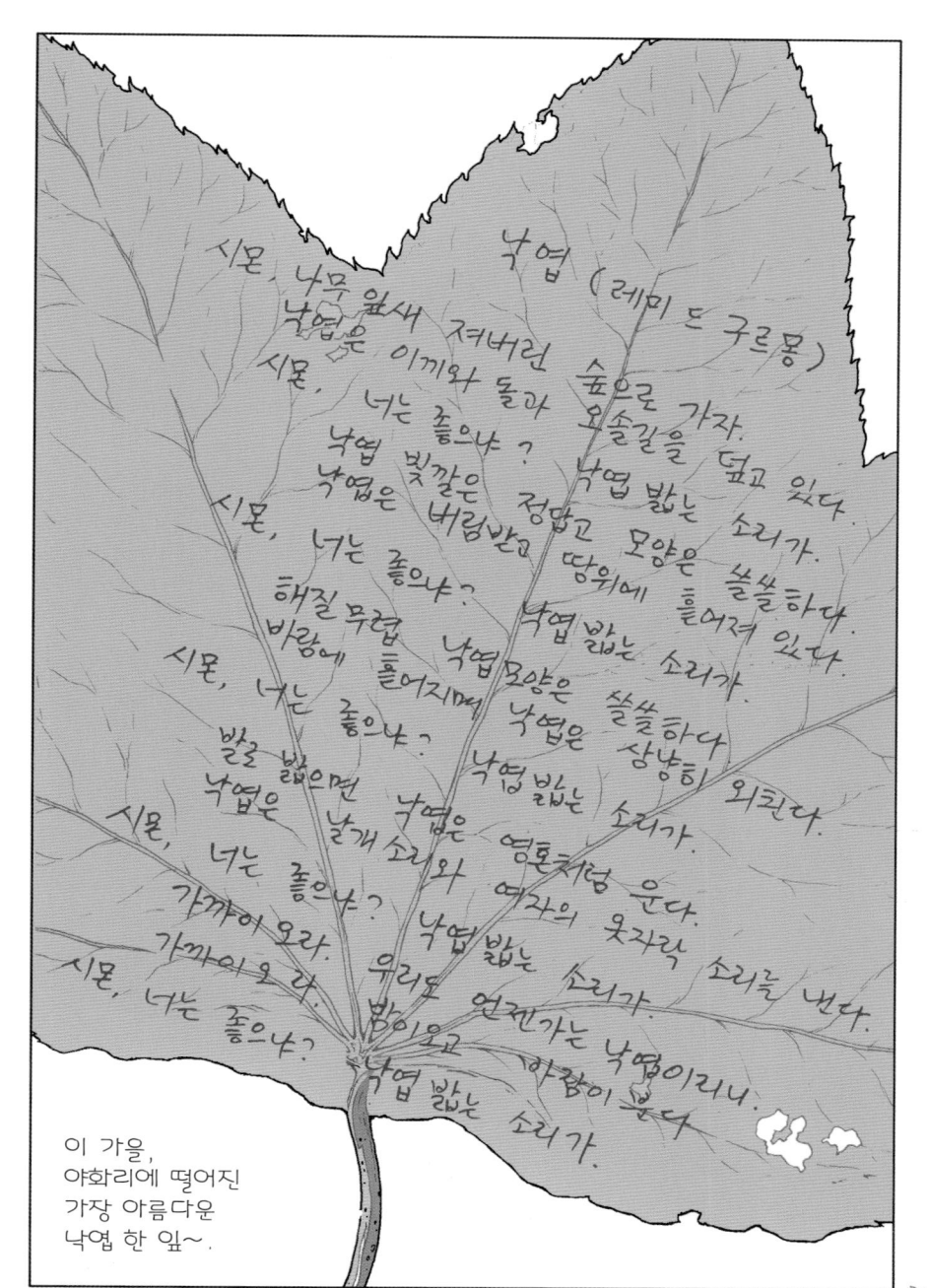

이 가을,
야화리에 떨어진
가장 아름다운
낙엽 한 잎~.

마침

그러니까 어머니, 이제부터 새 그릇 쓰시고, 이건 버릴게요.

엥?

사기그릇, 놋그릇 양은그릇에 스뎅그릇까지 짝이 안 맞잖아요.

전서부터 눈에 거슬렸거든요.

애! 얘야, 그건 왜⋯⋯.

눈썰미도 좋지. 그것 또 언제 봤을까?

냅둬요, 누가 요즘에 저런 구닥다리 밥그릇을 쓸까.

반찬은 없어도 그릇이라도 같아야 한식구인지 알지.

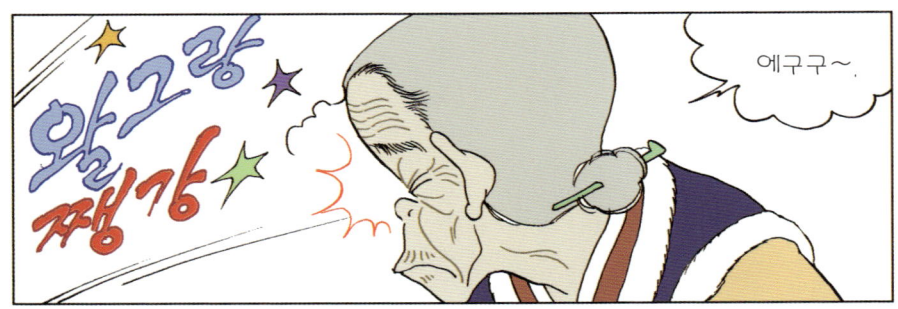

에구구~.

어쨌든 성님은 좋겠수.

우린 언제 저런 예쁜 그릇에 밥먹어 보나?

벌써 가시려구요?

안녕히 가세요.

인사성도 밝지.

호박이 넝쿨째 굴러 왔다니까.

밥그릇이 짝재기면 어때서?

244

이 집에
시집 와
사기그릇
두 개
장만하고.

큰아이
낳아서
놋그릇
사고.

둘째 땐
양은그릇
사고.

막내딸 보고
스뎅그릇
사고····.

식구 하나 늘 때마다
하나씩
산 그릇이니
모양도 틀리고 색깔도
틀리겠지.

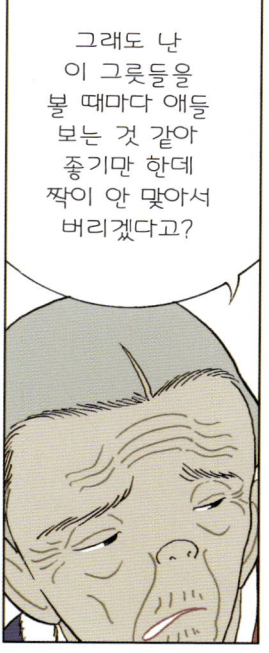

그래도 난
이 그릇들을
볼 때마다 애들
보는 것 같아
좋기만 한데
짝이 안 맞아서
버리겠다고?

공책에 또박또박
써야 잊기니?
이 짝재기 그릇들이
내 살아온 잊기여,
이 망할 것아!

마침

이렇게
야화리 풍경들을
악보게 옮기면,
멋진 야화리의 주제가가
되겠는걸.

가사는 시인 선생님께
부탁드리고 · · · .

마침

이래도 흥- 저래도 흥- 안쓰러운 건 너야, 인석아!

넌 그 나이에 무슨 힘이 넘쳐 만날 그렇게 빽빽거리니? 세상 일 이쁘게 좀 보지.

이쁘게 볼 게 따로 있지. 냇가에 둥둥 떠 있는 농약병이 연꽃이라도 되는 줄 알아?

그렇게 보기 흉하면 네 손으로 치우든지····.

내가 이 동네 청소부냐?

이 마을 사람이 어지른 거, 이 마을 사람이 치우면 또 어째서.

못해! 차라리 지키고 있다가 버리는 놈을 잡아 주리를 틀지.

성질 죽여라, 우린 이제 오후반이다.

젊은 애들 같은 은빛 오전반이 아니라 부드러운 금빛의 오후를 사는 나이라구.

아니 어쩌면 붉은 노을빛 인지도 모르지.

내가 왜 금빛이고 노을빛이야.

네 나이가 금값이라는 거야. 젊은 애들 은값보다 낫지 뭐.

내가 먹어 보니까 나이를 먹는 것도 그다지 나쁘지 않더라. 매사를 따뜻하게 볼 수 있고····.

킥킥킥.

왜?

우리가 오후반이면 구십 먹은 강노인은 뭐지?

야간반.

2시?
3시?
4시?
5시?
6시?

우리 시계는
지금 몇 시지?

금빛? 노을빛?
우리 어깨엔 무슨 색깔이
내려앉았지?

마침

나무는 나보다 낫다

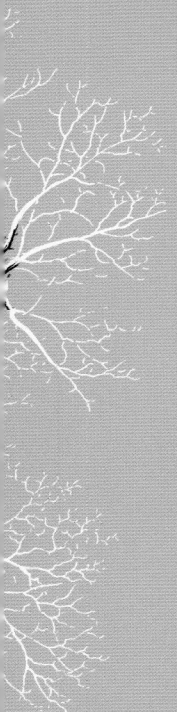

하얗게 지울 수 있어 좋습니다.
그렇게 하얀 도화지에 새로 그릴 수 있어 좋습니다.

그 볏짚은 뭐에 쓰시려구요?

사람 먹을 양식을 거두었으니,

우리 누렁이 겨울 먹이도 준비해야지.

사람이나 짐승이나 배가 불러야 순해지거든.

257

뭐하세요?

할멈이 좋아하는 국화꽃잎도 붙이고 문풍지도 발랐는데,

비닐 한 겹 더 쳐야 할 것 같애.

하긴 야화리의 겨울 바람은 유난하지요.

월동 준비 하시나 봐요?

지난 겨울 안 싸줬더니 몇 그루가 죽었더라구.

이건 무슨 나무예요?

땔감.

옛동에서도 안 때는 나무를 새동에서 땐다구요?

응. 거실의 페치카에서 땔 거야.

농사를 안 지으시니 이 땔감 하나로 월동 준비는 다 하신 거네요.

하나가 아니지.

특별한 준비 한 가지가 더 있다구.

겨우내 볼 책들을 읍내 서점에 가서 사왔거든.

완벽한 월동 준비네요.

마침

사람이라는 건
말이다,
처음엔 한덩이
였다가.

머리와
몸뚱이로
나뉘고.

몸뚱이에선
팔다리가 나오고.

팔다리에선
손가락과 발가락이
나오고.

그렇게 갈라지고
갈라지면서 사람이
되는 게여.

네 마음도
그렇겠지.

애비 생각
많이 하다 보니까
생각이 생각을
물며 속상한 거
투성이겠지.

그래도
제대로 된
사람들이라
그런 맘이
드는 거.

이것아, 무슨
멋으로 이 추운데
목도리를 바람에
날리고 있어?

아버지
말씀에
뼛속까지
따뜻해졌어요.

아버지도
이 목도리
풀지 마시고···.

추울 때마다 제가 안아 드리는 딸이라고 생각하세요.

네 눈엔 이 애비가 벌판에서 혼자 떨고 있는 나무처럼 보이냐?

아니다. 이 애비는 가지란 가지 모두 도시로 보내고 땅속 깊이 심지 박고 있는 뿌리여.

엄동설한 바람을 맞으면 너희들 가지가 맞지, 뿌리가 맞을라고….

당캉 당캉 — —

당카당 당캉 —

야화리에 편지지처럼···
도화지처럼 하얗게
눈이 왔습니다.

야화리 사람들은 새해엔
저 하얀 편지지 위에
어떤 사연을 쓸까?
저 하얀 도화지 위에
어떤 그림을 그릴까?

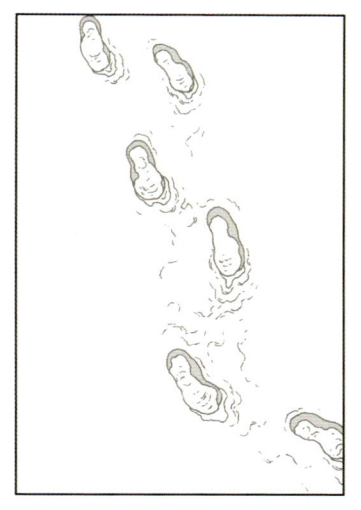

265

툭하면 길이 막히고, 사람 왕래가 끊겨도 눈은 볼 때마다 기분이 좋아.

마치 새로 지은 이불을 덮는 기분이거든.

저런···. 얼굴이 새빨갛게 얼었네. 들어가세~.

우편물이 너무 많이 밀려서요.

그거야 오늘 못 하면 내일 하고, 내일 못 하면 모레 하면 되지.

새동 '나비가 쉬어 가는 집' 편지 왔습니다.

세상에~.

이 눈길을 어떻게 뚫고 왔어요?

따뜻하게 커피라도 한잔 하고 가요.

다음에 주시겠어요? 아직 배달을 반도 못 했거든요.

266

야화리의 겨울 배달은
해가 짧아서가 아니라
길이 미끄러워서가 아니라….

따뜻하게 잡아주는
한 손 한 손 때문에
늦어지는 겨울 배달입니다.

마침

눈이 오면
나이 드신
어르신들도
어린애가 되나 봐요.

눈사람도
만들고···

호호홋,
힘껏 좀
밀어 봐요.

눈썰매도
타시고
. . . .

자~,
갑니다! 가요!

저런!
철딱서니 없는
늙은이들하곤 · · · ·

저리들 가지 못해! 지금 혼자 사는 늙은이 약올리는 거야?

안그래도 가고 있다, 인석아.

심통 부리지 말고 뒤에서 같이 밀어요. 세 번 밀어 주면 한 번 태워줄 테니~.

내 어릴 적엔 아버지가 밀어 줬고.

그 재미 못 잊어, 지금은 영감님이 밀어 주고.

나 죽거들랑 자식 애들에게 밀어 달라고 해.

피!

핏!

왜?

아이들 없는 동네에 눈이 오니까
어르신들이 대신 어린애 노릇을 합니다.
눈사람도 만들고····.
눈썰매도 타고····.
저렇게 토닥토닥 싸우시기도 하면서····.

마침

민들레가 피어 있던
자리에 눈이 왔습니다.

도라지꽃 피어 있던
밭에도 눈이 왔습니다.

하늘나리꽃을 심은 다리 앞에도
솜이불같이 눈이 쌓였습니다.

지난 여름내
하얀 나비
노랑 나비들이
한 번쯤은 쉬어간
하늘나리꽃.

숨은그림찾기 하듯
눈을 헤쳐 봅니다.

여긴 것 같기도 하고
아닌 것 같기도
합니다.

뭐 잃어버린 거
있수?

아···, 네.
그게 아니라···.

지난 봄 이 근처에
꽃을 심었는데
눈이 덮여 찾을 수
없네요.

그걸 찾아
뭐하려구?

그···냥
솜이불 같은
눈 속에서
하늘나리꽃이
어떻게 자고 있나
보고 싶어서···.

추운데 빨리
배달 끝내고
가서 쉬어요.

아무래도 정답은
삼사월 꽃이 필 때쯤에야
알 것 같습니다.

새싹이 나오고
노랑 나비, 하얀 나비가
빨간 꽃에 내려앉으며
하늘나리꽃 심은 자리를
찾아 주겠죠.

마침

봄이면 여치 날개 같은
연두색 옷으로.

여름엔 초록색 옷으로.

가을엔
붉은색 옷으로.

겨울엔 도화지처럼
하얀 옷으로 갈아입는
나무는 나보다 낫다.

바람둥이 황보삼이가
양복 윗주머니에 수건을
꽂은 것마냥 꽃을 피우는
멋도 부릴 줄 알고.

시원한 그늘을
만들어 오고 가는
사람 쉬어가게
하는 여유도 있다.

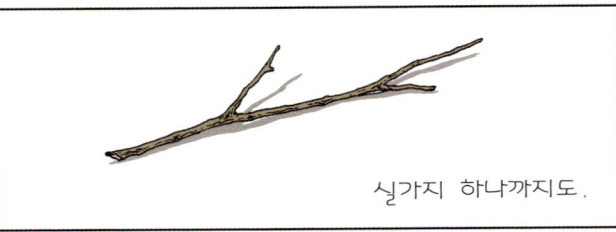

싫가지 하나까지도.

날짐승들이
집 지을 수 있는
재목이 되고.

무거운 잎 걸치고
서 있기도 벅찰 텐데
나무는 집 없는
새들에게
집터를 주기도 한다.

말없이 마냥 자리만 지켜
바보인 줄 알았더니
하는 짓 하나하나가
나보다 낫다.

나무는 나보다 낫다.

꽃소식을 전해주는
우편배달부

저기 저 우편배달부를 보면 무슨 꽃이 생각나우?
집집마다 봄이 왔다고 꽃소식을 전해주는 노란 민들레지.

맛있어?

당연하쥬.
오이 열 개 값
준 건데.

그참···.

오이 하나 키우려면
몇 달이 걸리는데
아이스케키 하나 먹는
데는 몇 분이
안 걸리니···.

그렇게 생각하니께
우리가 너무너무
밑지는 것 같쥬?

장사꾼만 밑진단 말하는 줄 알았더니 농사꾼 입에서도 밑진단 소리가 다 나오네.

하기사 농사만 밑진 게 아니쥬.

또 있어?

내 청춘도 영감님 만나 평생을 밑지고 살아온 거 알아유?

나 아니면 국회의원 마나님이라도 될 줄 알았남?

나라고 못 되란 법은 또 어딨슈?

그게 아무나 하는 건 줄 아나?

선거철 되면 새벽부터 오밤중까지 방물장사처럼 이 마을 저 마을 누비며 인사해야지,

숙터지는 소리 들어도 내 얘기는 아닌 척 웃는 얼굴 해야지.

임자 성질에 잘도 하겠네.

사장 마누라도 노름꾼 마누라도 다 팔자대로 하는 거여.

내 팔자가 어때서유?

그렇게 자신 있다구?

자~, 봐유.

여기 운명선을 따라가다 보면 안골 담배밭이 나오고

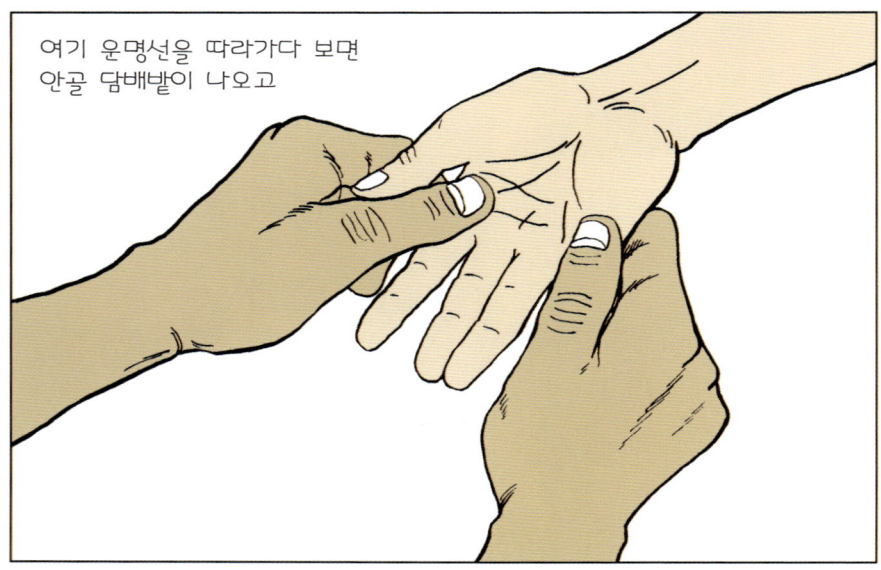

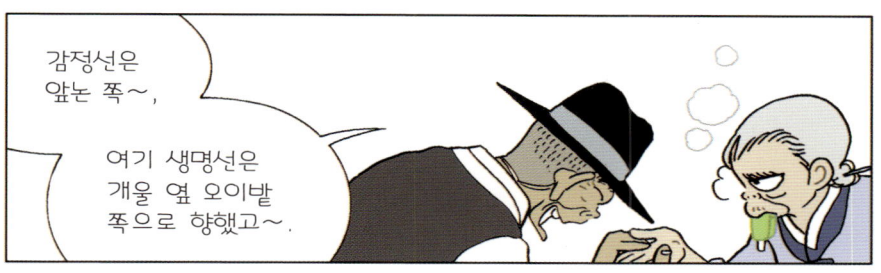

감정선은 앞논 쪽~,

여기 생명선은 개울 옆 오이밭 쪽으로 향했고~.

선이란 선은 모두 논밭 쪽으로 난 걸 보니,

임자는 타고난 농사꾼 마누라 팔자네, 뭐.

시방 복채 없다고 막말하는 거쥬? 내가 복채 듬뿍 줄 테니 다시 한 번 봐 봐유.

복채 아니라 집을 열 채 준대도 임자는 농사꾼 손이라니까, 크크큭.

마침

그참···, 누가 줄맞춰 잘라 준 것도 아닌데
벼들의 키가 나란히 나란히네유.

꼭 조회시간에 서 있는 학생들 같네.

당연하지. 같은 햇살, 같은 논에서 자라니 서로 닮을 수밖에.

그렇지도 않네요, 뭐.

뭐가?

영감님하고 나만 해도 그렇지,

모 심을 때부터 타작할 때까지 저 논에서 같이 살지만 크고 작고 차이가 엄청나잖유.

그야 임자는 다른 집에서 키워 모종해온 거니까 그렇지.

말하자면 종자가 다르다 이거여.

그럼 영감님은 길게 훌훌 날아다니는 베트남쌀 안남미고,

난 작고 통통하니께 아끼바리(추정벼)다 이거유?

하기사 그 말도 틀린 말은 아니네유.

맛으로 치면 아끼바리를 안남미에 댈까?

사람 말하는 거 하고는····.

그렇게 맛없는데 어떻게 애를 일곱이나 낳았어?

내가 안남미를 찾았남유? 허구한 날 영감님이 아끼바리를 찾았지!

···쯥.

한 번이라도 말로 내가 이겨 본 적이 있을까? 구시렁~ 구시렁~.

메롱~.

마침

이것봐,
우편배달부!

?

논도 아니고
밭도 아닌
여기서
뭐하세요?

사람~
농사꾼이라고
땅만 파는 줄
아나?

가끔은 꽃도 딴다네.

꽃은 뭐하시게요?

우리 할멈에게 보내 주려고.

오늘이 할머니 생신이에요?

좋은 날만 아니라 나쁜 날도 보내는 게 꽃 아닌가?

?

시방 우리 할멈이 삐쳤거든.

왜요?

이놈의 입이 화근이지.

별것도 아닌 일로 툭 쏘아붙이니까 샐쭉해지더군.

이 작은 입이 트랙터로도 못 뒤집을 사람 심장을 뒤집어놓은 거지.

그참···, 낫이나 칼은 쓰면 쓸수록 녹이 슬어 무뎌지는데 이놈의 입은 쓸 때마다 날이 더 서니!

우리집까지 꽃배달 하는 데 우표값이 얼마야?

됐어요, 화해의 꽃배달은 무료거든요.

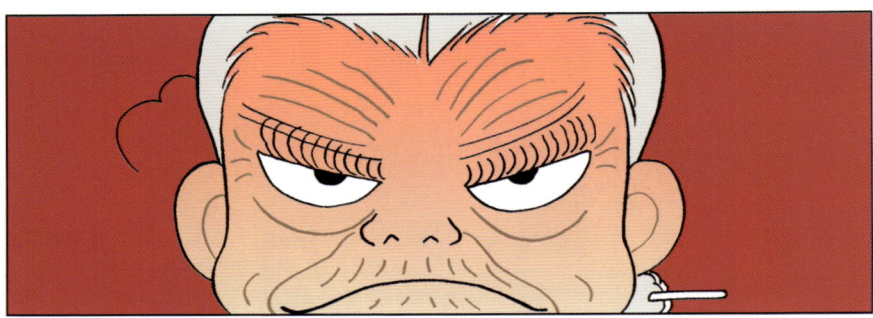

할아버지가
할머니한테
보내는
꽃선물이에요.

뭔가?
그건.

그리고
사랑한다는
말씀도
전하랬어요.

시상에~, 삐뚠 입으로
바른 말은 할 줄 아시네.

나도 우리 영감님
한테 전보 한 통
칠라네.
냉국수에 얼음
동동 띄워 놨으니
녹기 전에
드시라고 해.

그대로
전할게요.

참~, 전보 요금은
얼만가?

무료예요.
화해의 전보는
공짜거든요.

마침

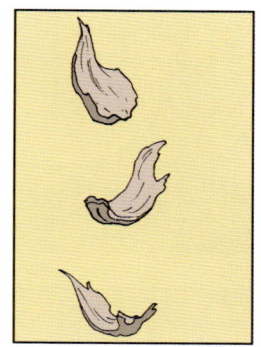

씨익~.

무슨 일
있으세요?

아니~,
훌쩍~.

그런데 왜 울다가
웃다가 하시는
거예요?

울다가 웃으면
어떻게 되는 줄
아세요?

몰라.

엉덩이에
털난대요.

295

그럼 웃다가 울면?

궁뎅이에 털나겠죠.

털 아니라 수염이 난대도 할 수 없지. 양파 까면서 눈물 안 흘릴 사람 있을까?

눈물은 알겠는데 웃는 건 뭐예요?

푸흐흐흐.

양파하고 우리 할멈하고 똑같잖아.

동글동글 생긴 것도 같고 벗겨도 벗겨도 속을 알 수 없는 게 같고.

마침

어디 가?

씨 뿌리러.

뭘 심게?

4년근.

4년근이면 인삼?

인삼이 될지 도라지가 될지는 두고 봐야지.

인삼은 아무데나 심나? 돌밭에 무슨 인삼이야?

298

4년 동안
써먹을 바른 사람
심으려는데
돌밭이
문젤까?

그럼 4년근이란 게
국회의원이었어?

농사치고도 큰 농사쥬.
밭농사 망치면 한 집안이
거덜나지만, 사람 농사 망치면
나라가 절딴나잖유.

올림픽만 4년 만에
열리는가?

국회의원도
4년 만에 뽑는 건데
누가 1등할지
중계방송
보는 것도 솔찮은
재미일 거여.

거기다 일찌감치
투표 끝내고
오는 길에 우리 할멈
짜장면 한 그릇
사먹이는 것도
흐뭇한 일이구.

영감님은
짬뽕
드실 거쥬?

빙수도 좋아하던데
빙수는 아직
안 나왔겠지?

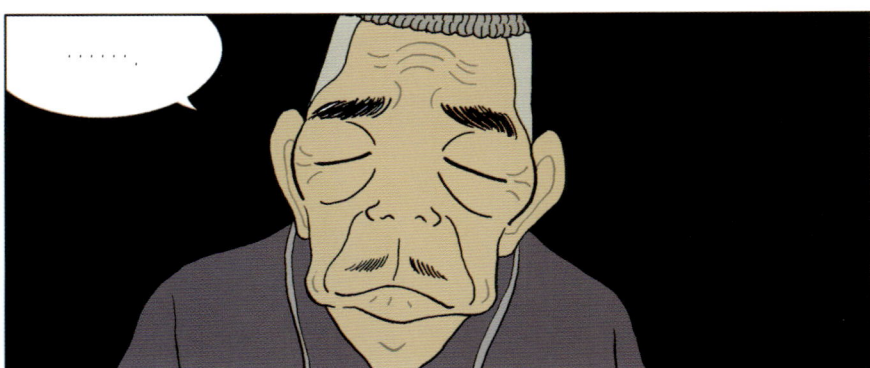

……

그렇군. 읍내 나들이하는 오늘 같은 날, 짜장면은 더없이 맛있을 게야.

그런데 마누라 없는 난 누구랑 짜장면을 먹나?

마침

자넨
안 갈라나?

거긴 왜 가?

왜 가다니?
그동안 쫓아다니며
내건 공약 꼭 지키라고
한 번 더 다짐
받아야지.

동네 이장을 뽑았나?
나라 살림 할 사람한테
다리 놔 달라
길 넓혀 달라
내 동네만 챙겨
달랠 거야?

당선된 사람이야
혼자 놔둬도
신나서 춤추고
있을 텐데
쫓아가서까지
무슨 놈의 축하야?

303

꽃은 뭐할라고 꺾는데요?

떨어진 사람 위로해야지.

선거운동할 땐 이리 뛰고 저리 뛰느라 온몸이 탔을 테고-.

떨어진 담엔 속이 상해 속이 새까맣게 탔을 테고.

겉이나 속이나 숯덩이가 됐을 텐데 사람이 얼마나 그립겠어?

이럴 때 보면 우리 영감님 생각하는 게 국회의원들보다 낫수~.

왜요?

꽃은 아무래도 여자가 들고 가야 어울리잖여.

영감님 눈엔 내가 아직도 여자로 보여요?

아니~, 꽃으로 보여.

마침

할아버지한테 등기우편이 왔네요. 도장 좀 주시겠어요?

그걸 왜 나한테 달래?

에···?

무슨 일 있으세요?

알 것 없네.

할머니가 단단히 화나셨던데요.

나라면 나라지.

왜 또 싸우셨어요?

요즘이 좀 바쁜 땐가? 아침에 논에 나가는 사람 붙잡고 읍내 나가 갈비탕에 팥빙수를 사달라는 거야.

그래설랑 내가 애서는 사람마냥 뭐가 그렇게 먹고 싶은 게 많냐니까 샐쭉하더니 저러는군.

사람이 유난스러우니까 생일도 바쁜 때 끼어 구박을 받지.

오늘이 할머니 생신 이세요?

그러니 삐칠 만도 허지. 크크큭!

할아버지가 혼날 짓 하셨네요 뭐. 지금이라도 두 분이 읍내에 다녀오세요.

다 저녁에 읍내는 무슨 읍내야?

얼마나 좋아요.

두 분이 저녁 드시고 조그만 선물도 사드리고 노래방은 늦게까지 하니 노래방 가서 노래도 하시고.

두 분이 손 꼭잡고 달밤에 오시면서 요즘 한참 핀 찔레꽃 향기도 맡고⋯.

에이~, 이 나이에 노래방은 무슨-!

그런데 노래방은 한 시간에 얼마나 하지?

아마 만 원쯤 할걸요.

동백아가씨 노래도 나오나? 우리 할멈은 그것밖에 모르는데.

그냥 하는 얘기가 아니라 겨울철 한가한 때가 생일이면 내가 제주도에도 데려간다.

그나저나 난 무슨 노래를 부르나?

잠깐만요, 여기 도장 찍어 주셔야 되는데요.

마침

이야기 68 당신의 꽃 이름은

난 이 길을
갈 때마다
아카시아가
생각나유.

아카시아는 왜?

그 옛날 보릿고개로
먹을 게 없던 시절,

한번은 영감님하고
둘이 김을 매고
있는데.

아, 글쎄 영감님이 저 언덕배기에서 돌아앉아 흰밥을 먹고 있겠쥬.

내가 잘못 봤나 싶어 눈을 비비고 다시 봐도 흰쌀밥이유.

다른 식구들은 풀죽도 없어 굶고 있는데 순간 얼마나 미웠던지.

알고 보니 아카시아 꽃을 따서 시장기를 때우고 계셨던 것을.

난 길가에 핀 애기똥풀을 보면 할멈 생각이 난다네.

311

집집마다 봄이 왔다고
꽃소식을 전해주는 노란 민들레차.

마침

그래서 썬크림을 가지고 왔지요.

썬니텐?

나 그거 한 병 주우, 당최 목이 말라서 말여.

그게 아니라 얼굴에 바르는 거예요.

그거 바르면 목이 시원해 지남?

피부막을 보호하고 유해한 광선을 차단하여 건조한 피부에 수분을 공급하는···,

쉬운 말로 하지, 먼놈의 연설이여.

한마디로 말해서 이걸 바르면 처음 시집오셨을 때처럼 뽀얗고 촉촉한 피부를 만들어 줘요.

됐네! 한 번도 지겨운데 누구 좋으라고 그 시절로 돌아가?

괜히 또 저러신다, 이거 한 번만 바르면 오늘 저녁 할아버지 눈빛이 달라지실 텐데····.

이것 봐!

이 사람 보고는 아주머니라더니 날 보고는 할아버지야?

실수~.

여기서 팔기는 틀렸네.

일하다 말고 어딜 가우?

뒷간.

이것 보슈, 색시. 아까 그거 하나 줘보우.

썬크림이요?

정말 우리 할멈이 뽀시시해질까나?

이거 한 병만 바르면 새색시가 된다니까요.

크크큭~, 우리 할멈 시집올 땐 살구 같은 얼굴이었지.

그건 그렇고, 나도 뭐 좀 바를 거 없수?

아저씨는 향기 좋은 남성용 스킨로션.

나보다 우리 할멈이 이 냄새를 좋아해야 할 텐데, 킁킁···.

마침

이야기 70 집치장 몸치장

집.

몇십 년 산 집에 아직두 못 본 구석 있을까 봐 그렇게 유심히 보는 거유?

집이나 여자나 가꾸는 대로 볼때가 나는 것인데, 정신없이 살다 보니 엉망이 돼버렸네.

이참에 우리도 새동 새 집으로 이사갈까?

그리고 헌 살림 싹 다 버리구 새 살림 들여놓고.

집이나 보지, 날 왜 봐유?

테레비도 큼직한 것으로 하나 사셜랑.

그 테레비 누구랑 볼 건데유?

읍내 다방에 손이 포동포동한 색시랑 보고 싶은 거쥬?

집 바꾼 김에 헌 마누라도 바꾸고 싶은 거쥬?

무슨 말을 그렇게 하나?

겉말 말고 속말 한번 시원하게 들어 보자, 이거유.

이거야 원···, 또 벌집을 건드렸을세.

누굴 기다리세요?

자네.

저요?

내일 올 때 화장품 몇 개 사다 주게나.

기왕이면 읍내 다방 색시들이 바르는 걸루다.

?

나도 내일부터는 얼굴 치장이나 하고 살 테니까 땡볕에서 논일 밭일은 영감 혼자 다 해유!

그참···, 상상력도 대단한 여편네지. 저 혼자 소설 쓰고 저 혼자 펄펄 뛰고···.

구시렁 구시렁

마침

까직
까직

툭~

어구구~.

아따따가

오호호훗.

사람이
넘어진 게
그렇게
재미나?

밤송이가
인삼, 녹용보다
장하네유.

밤송이에 한번
찔리더니
그 무거운
짐을 지고 벌떡
일어나니 말유,
쿠쿠쿡.

이런~.

먹어.

나 줄라고 그 고생한 거유?

입이 즐겁다 보면 머리가 무거운 것도 잊을 것이여.

달지?

다네유.

달겄지, 저 혼자 익어 떨어진 놈이니께.

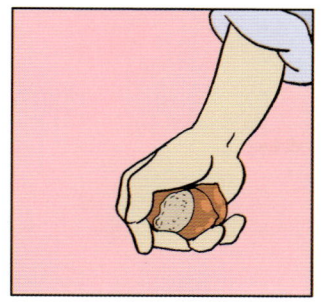

안 먹었어?

혀끝에 단맛보다
영감님 마음이
더 다네유.

품속에 넣고 두고두고
단맛 보다가 눈오는 밤
화로에 구워 영감님과
둘이 먹을라구유.

눈오는 밤
먹을 게
군밤밖에
없을까 봐서?
헉헉헉.

힘들지 않어?

웬걸요?
산보가는 거마냥
가볍구먼유.

마침

시방 뭘 뜨는가?

영감 털목도리 하나 떠드릴라구유.

날보고 그렇게 알록달록한 목도릴 하란 것이여?

읍내 털실집에 들렀더니 이 실이 눈에 쏙 들어오더라구유.

영감님한테 딱 어울리겠다 싶어 냅다 사왔쥬.

얼굴은 안 보이고 목도리만 보이겄네.

금실 은실을 두른대도 영감 얼굴이 더 훤할 것이유.

그참···, 할멈 정성에
안 한다 헐 수도 없고····.

한겨울에
꽃이 폈나 했더니
어르신 목도리
였네요.

우리
할멈이 손수
떠 준 거야.

역시 여자분이
고르신 색깔이라
화사하고 좋네요.

엥? 우리
할멈이 여자였어?

그럼요, 할머니 마음속이 소녀같이 알록달록하니까 그런 색깔을 고르셨겠죠.

그런가···.

내 마음은 이제 겨울의 시작인데 우리 할멈 마음속엔 벌써 봄이 왔나 보군.

이참에 나가서 우리 할멈 빨간 털신이나 하나 사다 줄까?

마침

틀림없이
이 자리인데···

이맘때쯤이면 양쪽으로
꽃대궐 같던 배나무 과수원.

지금은 온통
상가로 변했어.

원두막이 있던
참외밭도 창고로
가득하고···

어딜
찾으세요?

아-
안 변한 게
하나 있다.
빨간 자전거!

옛날에도 이곳의
우편배달부는 빨간
자전거를 타고
다녔더랬어요.

그분을
아세요?

오래전이라 얼굴은
생각나지 않지만
매일매일 그분을
기다렸죠.

그분이
우리 아버지세요.

제가 어릴 때
가끔씩 아버지의
편지배달을 따라
다니다 보면

글 모르는
어른들께
편지를
읽어 주시며
같이 즐거워하시던
아버지 모습이
자랑스러웠거든요.

그래서 대를 이어
저도 우편배달을
하게 됐구요.

아···
네.

이 빨간 자전거도
아버지가 타시던
거예요.

이 자전거가
그때 그 자전거라니···
허-

오랜만에
고향에 오셨나
보죠?

한 20년 됐나?
불쑥불쑥 고향
생각이 났지만
차일피일 미루다
이제 왔는데 너무
많이 변했네요.

공업사

그때나 지금이나 안 변한 것도 있어요.

뭐죠?

이곳에 사시는 노인들의 순한 눈빛.

선생님께서 찾는 고향은 그분들 눈빛 속에 고스란히 남아 있을 거예요.

대보산업

진우상사

마침

엄마

바람은 엄마 계신 쪽에서 불어옵니다.
강물은 엄마 계신 쪽에서 흘러옵니다.
은방울꽃, 할미꽃, 민들레에 제비꽃은
엄마 계신 곳에서 먼저 피어납니다.

엄마는 꽃씨 하나하나에 엄마 마음 가득 담아
바람에 실어 보냅니다.
엄마는 꽃잎 한 장 한 장에 글 없는 편지 써서
강물에 띄워 보냅니다.
그래서 바람엔 엄마의 냄새가 있습니다.
그래서 강물엔 엄마의 노래가 있습니다.

어이구,
내 새끼들.

안녕하셨어요,
할머니.

말도 못하게 길이
막혀요. 고향길이
아니라 지옥길이야.

‥‥‥.

동수 엄마
어디 가우?

우리 애 마중하러 읍내에 가려구요.

요즘은 차가 흔해 대문 앞까지 오는데 읍내까지 왜 간대?

집 앞까진 아무나 오남.

우리 애는 주변머리가 없어 차 살 형편이 안 될 것이구먼.

막차가 돼도 기차를 타고 올 것이여-.

잘 맞으려나
모르겠네.
어머니 드리려고
사온 옷인데
···.

뭘 내려올
때마다
이런 걸···.

풍년이 들판에
있는 게 아니구나.
너희를 보니
대풍년이야.

누구···여?

저예요.

도···동수니?

이 늦은 시간에 어떻게 왔어? 기차도 다 끊겼을 텐데····

그깟 기차는요. 자가용 타고 왔는데요, 뭐.

자.가.용?

나도 한 대 샀거든요.

그랬어? 그럼 우리 동수가 자가용차 탈 만큼 성공한 거여?

이 가방에 돈도 가득 있어요.

어머니, 눈이 안 좋으세요?
왜 눈을 감고 계세요?

우리 아들이
성공했다니
눈이 부셔서-.

어.머.니-.

눈을 뜨고 너를 보면
자식이 예뻐
무슨 말을 해도
제대로 들리지 않거든.

그런데 눈을 감고 듣는
네 목소리가
떨리는구나.

반가워서요-.
며…몇 년 만에
뵙는 어머니
잖아요.

그렇지.
세상 천지에 너만큼
반가운 사람이 또
있을까?

아무리 어려웠어도
너 키울 때 식은 음식
한 번 먹여 본 적 없고

아무리 탐스러워도
남의 집 과일 하나 몰래
따 먹인 적 없이 키운
내 아들인데.

잠깐 말 좀
물읍시다.

야화리 옛동에
이동수라는 사람
집이 어디죠?

이동수?
이동수?

아하-.
우물 앞
할머니네.

저쪽 큰 우물
앞 집이에요.

근데 그집 아드님은
집 나간 지 몇 년이
되도록 소식이 없다던데
왜 그러시죠?

알 것 없구요.

부앙

여기가···.

쉬잇-.

우리 애가
지금 자요.

한잠 푹 자고 나면 애가 순해질 거야.

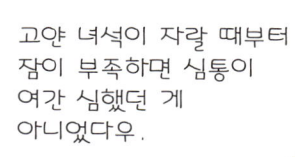

고얀 녀석이 자랄 때부터 잠이 부족하면 심통이 여간 심했던 게 아니었다우.

그러니 내가 고구마라도 내다 줄 테니, 먹으며 천천히 기다려요.

그럴 시간이 없···.

글쎄 우리 애 내가 잘 안대도, 그동안 저 녀석이 객지 나가 소식이 감감이더니 잠도 제대로 못 잘 만큼 힘들었나 봐.

그러니 명절 나름에
사람이 찾아들도록
말썽을 부린 게지.

그날 이후 기차역에서 아들을 기다리던 어머니는 동구밖 느티나무 아래에서 나를 기다립니다.

그래서 내가 옛동 마을 사람 중 제일 먼저 만나는 사람이 우물가 할머니입니다.

바람이 많이 부는데 오늘도 나오셨어요?

전엔 기차를 보면 우리 아들 보는 것 같더니 요즘엔 자네의 빨간 자전거를 보면 우리 아들을 보는 것 같애.

우리 애
편지를
갖다 주잖아.

어쩌면 잘된 거지···.
암, 잘됐쿠말쿠.

세상 팔도강산
지멋대로 돌아다닐 땐
어디 있는 줄을 아나,

보고 싶으니 볼 수가 있나,
목소리 듣고 싶으니
들을 수가 있나.

그런데 이젠 언제라도 보고 싶으면 면회 가서 볼 수 있고
목소리도 들을 수 있고,

거기다 편지도
할 수 있잖아.

마침

오늘도 빨간 자전거는 아름다운 사연을 싣고 찾아옵니다.